Solo humo

Juan José Millás

Solo humo

ALFAGUARA

Papel certificado por el Forest Stewardship Council®

Primera edición: marzo de 2023
Segunda reimpresión: mayo de 2023

© 2023, Juan José Millás
c/o Casanovas & Lynch Literary Agency, S. L.
© 2023, Penguin Random House Grupo Editorial, S. A. U.
Travessera de Gràcia, 47-49. 08021 Barcelona

© Diseño: Penguin Random House Grupo Editorial, inspirado en un diseño original de Enric Satué

Printed in Spain – Impreso en España

ISBN: 978-84-204-7311-6
Depósito legal: B-805-2023

Compuesto en MT Color & Diseño, S. L.
Impreso en Unigraf, Móstoles (Madrid)

AL73116

I

Uno

La madre abrió, sin llamar, la puerta de la habitación del hijo y permaneció observándolo unos instantes con expresión de duda.

—¿Qué pasa? —preguntó el joven apartando la vista del ordenador.

—Carlos...

—¿Qué? —insistió él.

—Tu padre ha muerto —dijo ella.

—...

—Se mató con la moto —añadió tras morderse el labio inferior.

Ese hombre turbio, pensó el joven.

Era cuanto sabía de él, pues se lo había oído mil veces a su madre: «Es un hombre turbio». A lo que solía añadir: «Se desentendió de ti a los cuatro días de que nos separáramos».

Debió de ser muy pronto, pues Carlos no guardaba memoria de su físico. No recordaba haber estado en sus brazos, tampoco que le hubiera cogido de la mano, como los padres de las películas, o también como los padres de la vida real. Había visto a los padres de la vida real de niño, cuando iban a recoger a sus hijos al colegio y cruzaban con ellos la calle, los dos cuerpos, el cuerpo grande y el pequeño, unidos por las manos. Se recordó, de súbito, frente a un urinario de aquel mismo colegio, con la mirada puesta en la pared. Mientras se desabrochaba los pantalones, alguien dijo a sus espaldas: «No tiene padre».

Desde entonces, cada vez que utilizaba un urinario público, volvía a escuchar dentro de su cabeza aquella frase.

No tiene padre.

O, mejor aún, su padre era un bulto. Jamás había visto fotos de él, ropa de él, caligrafía de él. Estaba borrado de su vida real, aunque en su imaginación gozaba de una presencia constante, a veces para bien y con frecuencia para mal. Para bien, cuando lo imaginaba como una especie de misionero o de cooperante que los había abandonado para alfabetizar a otros niños, más necesitados que él, perdidos en países remotos. Ese padre vendría un día a buscarlo para que lo ayudara en su labor filantrópica y recorrerían el mundo salvándolo del hambre y la ignorancia. Para mal, cuando solo era capaz de imaginarlo como el hombre turbio y egoísta que describía su madre, a quien él castigaría sin piedad alguna cuando, pobre y hambriento, regresara al hogar en busca de refugio y perdón. En esta versión, lo mataría, mataría a su padre, y lo mataría con sus propias manos, delante de la madre abandonada, que agradecería aquella venganza entregándose sin límites al hijo justiciero.

Carlos vivía con tal intensidad aquellas fantasías que no era raro que enfermase de ellas. Volvía a la realidad demacrado y con fiebres tan altas como inexplicables que lo salvaban de ir al colegio durante los tres o cuatro días que duraba el acceso, días, por cierto, que pasaba en el dormitorio de su madre, intentando imaginar qué lado de aquella cama oceánica había ocupado su padre antes de abandonarlos. En cierta ocasión buscó sinónimos de *turbio* en el diccionario y encontró los siguientes: confuso, oscuro, complicado, difícil, opaco, sombrío, turbulento...

¿Todo eso había sido aquel hombre?

Carlos se echó a llorar al sentir que su madre le ofrecía la noticia del fallecimiento como un raro obsequio de cumpleaños, pues ese día cumplía dieciocho: ya era mayor de edad.

Las aventuras y desventuras que había imaginado con aquel hombre que quizá le quiso y al que él tal vez habría querido se le vinieron abajo de repente. Ya no tendría la posibilidad ni de huir con él de la madre solícita ni de matarlo para poseerla sin temor al castigo.

—Hay una cosa buena —añadió la mujer ignorando el llanto del hijo—, y es que has heredado, además de unos ahorros, su casa, que podrás alquilar hasta que te independices y luego vivir en ella. Si te apetece, claro.

—¿Cuándo es el entierro?

—Fue hace una semana. No te lo he dicho antes para ahorrarte el trago. No sabía cuándo decírtelo, estaba esperando el momento.

—¿Y este es el momento?

La madre dudó, volvió a morderse el labio.

—Tenías exámenes... No sé, he hecho lo que me pareció mejor para ti.

Carlos se imaginó en el tanatorio, frente al cadáver de su padre, amortajado con un traje oscuro y una corbata negra. Hablaba telepáticamente con él. Le decía cuánto lo había odiado, pero también cuánto lo había querido. Veía el ataúd, el cuerpo, lo veía todo con un detalle sorprendente, todo menos el rostro, que aparecía pixelado, como los de algunos delincuentes en los telediarios. Tenía cincuenta años cuando murió.

Me tuvo con treinta y dos, calculó el joven.

—Las motos —concluyó la madre antes de abandonar la habitación— son matahombres. Nunca te compres una.

Dos

Días después, tras llevar a cabo los trámites relativos a la declaración de herederos, madre e hijo fueron a la casa del padre para tomar posesión de ella y ver de qué había que desprenderse y de qué no antes de ponerla en alquiler. Llovía mucho y reinaba en la ciudad una negrura como de eclipse moral.

Eran las cinco de la tarde.

La casa se encontraba en el décimo piso de una torre de quince en la que la mayoría de las ventanas daban a la M-40, una de las carreteras de circunvalación de Madrid. Carlos permaneció un rato hipnotizado por el espectáculo de los coches, que circulaban allá abajo, pegados los unos a los otros, levantando con las ruedas abanicos de agua. Su madre lo sacó del ensimismamiento.

—Voy a empezar por el dormitorio —dijo como invitándole a quedarse solo unos instantes, por si quisiera, supuso el joven, establecer con el fallecido la comunicación telepática que ella le había negado al ocultarle su entierro.

Cuando la mujer desapareció por el pasillo, Carlos fue de un lado a otro del salón, intentando imaginarse a su padre dentro de aquella estancia en la que, de no ser por los libros que tapizaban las paredes, casi todo resultaba impersonal y escaso. Los muebles, de serie, eran los previsibles. Frente a la televisión había sin embargo una butaca articulada, de piel, que no armonizaba con el resto: parecía un capricho. Desde esa butaca, pensó el joven, veía su padre las películas ordenadas en una zona de la estantería perfectamente distinguible de la de los libros. Carlos no era aficionado al cine, tampoco era lector, por lo que apenas se detuvo a mirar los títulos de unas ni de otros.

Con movimientos cautelosos, como el intruso que se sentía, accedió al pasillo, al que se abrían cuatro puertas (tres habitaciones y un baño, supuso, pues la cocina estaba a la entrada). Su madre trasteaba en la del fondo, así que se introdujo en la primera de la derecha, que tenía el aspecto de un despacho. En la mesa de trabajo, ordenada y neutra, destacaba un cuaderno de tapas blandas cuyas primeras páginas aparecían escritas con una caligrafía clara aunque nerviosa, que atribuyó a su padre. Alterado por el descubrimiento, se sacó los faldones de la camisa y, procurando no dañarlo, ocultó el cuaderno a su espalda, sujetándolo con la presión de la correa del pantalón. Después se recolocó la camisa y anduvo unos pasos para comprobar que resistía.

Enseguida, fingiendo un sosiego que no sentía, fue al encuentro de su madre, que observaba pensativa los objetos del dormitorio, también muy escasos. Parecía decepcionada.

—¡Qué austeridad! —exclamó.

—Sí —confirmó Carlos.

—¿Qué hacías tú?

—Echaba un vistazo por ahí.

—¿Algo de interés?

—Nada. Muchos libros.

El joven se asomó con aprensión al cuarto de baño anexo al dormitorio, que olía a cuarto de baño usado. Le pareció percibir un olor corporal que le recordaba al propio. Vio sobre el lavabo una maquinilla de afeitar de la misma marca que utilizaba él y un vaso de plástico del que sobresalía un cepillo de dientes.

En la tercera habitación, quizá para invitados, descubrieron una tabla de planchar y camisas arrugadas sobre la cama.

Las camisas del padre.

Tres

Oscurecía cuando Carlos y su madre volvían a casa. La lluvia había cesado. De vez en cuando el cielo se iluminaba con un relámpago seguido disciplinadamente de su trueno. Llevaban la ventanilla del coche abierta, pues discurría junio y la temperatura era buena. Daba gusto respirar aquella humedad después de varios meses de contaminación y sequía. Conducía la madre. Carlos aún no tenía carné.

—¿Por qué vivía solo? —preguntó.

—Porque era un hombre turbio —respondió la madre como quien recita una letanía—, y los hombres turbios suelen vivir solos.

—Tú también vives sola.

—Vivo contigo. Además, tengo novio. Cualquier día lo meto en casa, ya verás.

—Aparte de los libros y las películas, tenía pocas cosas.

—¿Quién?

—¿Quién va a ser? Mi padre.

—Mejor así, porque vaciar una casa es un horror.

Esa noche, después de asegurarse de que su madre se había metido en la cama, Carlos se encerró en su habitación, abrió el cuaderno del padre por la primera página y leyó:

Escribo estas líneas bajo la presión de la muerte. De la muerte de una niña de diez años que era mi hija, aunque solo su madre y yo lo sabíamos. La he matado yo, aunque no puedo demostrarlo.

Vivo en este piso desde hace casi veinte años, desde que rompí con mi mujer al poco de tener con ella un hijo al que dimos mi nombre, Carlos, con quien perdí el contacto por pánico a quererlo. Elegí, para separarme del niño, un proceso de distanciamiento que se prolongó a lo largo de varios meses al objeto de que la amputación no resultara dolorosa para ninguno de los dos. Aun así, el corte dejó en mí una herida que, sin resultar profunda, jamás cicatrizó y que se traduce en un malestar continuo, aunque menor, supongo, que el que provoca el amor a los hijos cuando eres consciente de que cada uno de los latidos de su corazón es un suceso inexplicable; cada respiración, un acontecimiento único; cada parpadeo, un milagro.

Decidí no tener ese hijo por la vía de alejarme de él, de eliminarlo de mi vida. Es lo que hice asimismo con la primera y única novela que intenté escribir y que dejé a medias y que por fin quemé como el que liquida al testigo de un crimen. *También aquello me hirió, pero no tanto como los esfuerzos por sacarla adelante. Me prometí entonces no volver a escribir ni a tener hijos y lo cumplí hasta esta recaída en la que relato al papel algo que solo él, el papel, soportaría.*

Vamos a ello.

Hace unos doce años, se instaló en el piso contiguo al mío una pareja de jóvenes recién casados con la que establecí una intensa amistad. El marido, por su trabajo, viajaba mucho, de manera que empezó a ser habitual que la mujer y yo nos viéramos a solas, generalmente en mi piso. A Amelia, que así se llama, le gustaba leer y sacaba mucho provecho de mi biblioteca. Como enseguida adiviné sus preferencias, solía acertar en mis recomendaciones. Los personajes de las novelas, pues ella no leía otra cosa que novelas, fueron creando entre nosotros un vínculo que rebasó las fronteras de la amistad.

Comenzamos a pasar juntos algunas noches de aquellas en las que el marido se encontraba fuera.

Las noches enteras no. Ella salía de madrugada, abría la puerta de la casa de al lado y se metía en su cama, que, en cierto modo, dada la disposición en espejo de las dos viviendas, parecía un reflejo de la mía.

No vi peligro alguno en la aventura porque ella era, como yo, muy cuidadosa y, también como yo, no le pedía futuro a la relación. Tampoco nos sentíamos deshonestos respecto del marido ya que, según me contaba Amelia, el vínculo con él había mejorado desde que comenzáramos el nuestro.

Un día, Amelia me confesó que estaba embarazada y me aseguró que el padre de la criatura era yo. Había hecho sus cálculos y sabía hasta la noche de la concepción. Me puse en guardia, pero ella, con paciencia, me liberó de mis aprensiones. Fingiría que la criatura era de su marido y dejaríamos de vernos a solas. La creí, porque era mujer de convicciones firmes, de modo que, superados los primeros momentos de desconcierto y pánico, comencé a ilusionarme con la idea de una paternidad sin compromisos, clandestina: ser padre sin las tribulaciones inherentes a la paternidad, pero teniendo a la hija —pues enseguida se supo que se trataba de una niña— en la casa de al lado. La vería crecer, le haría regalos por sus cumpleaños, me llamaría «tío».

El tío Carlos.

Me pareció bien. Quizá aquella segunda experiencia con la paternidad aliviara el daño que me había producido la primera.

La niña, Macarena, nació, y yo eché una mano a los padres primerizos. Luego, con el paso de los años me convertí, efectivamente, en una especie de tío de la cría, que por fortuna no había heredado ningún rasgo físico mío: se parecía muchísimo a la madre. Con frecuencia, cuando sus padres tenían que salir, hacía de canguro con mucho gusto, pues resultó ser una niña despierta y muy curiosa. Además, ella gozaba tanto de mi compañía como yo de la suya.

Cuando Macarena tenía cinco años, sus padres se separaron, debido a lo cual mi relación con ella y con su madre devino más intensa, tanto que, aunque ellas vivían en su casa y yo en la mía, constituíamos una verdadera familia.

Algunas tardes la recogía yo del colegio, la llevaba a mi casa y la ayudaba con los deberes para que acabara pronto y pudiera ver la televisión antes de volver a su casa. A veces me contaba historias del colegio y de sus amigas mientras nos comíamos un bol de pistachos, que le encantaban. Yo observaba sus gestos con atención, buscando en ella rasgos míos que felizmente no encontraba.

Nuestras vidas transcurrían con tranquilidad, en fin, aunque no podría negar que por debajo de aquella calma se agitaba el mismo demonio que me había llevado a abandonar a mi anterior familia y a destruir la novela inacabada.

El otro día, Macarena me dijo que le había ocurrido algo muy raro.

—Y no se lo he contado a nadie —añadió.

—¿Qué fue? —pregunté mostrando con el gesto más interés del que en realidad tenía.

—Me salió una mariposa blanca del oído.

Frente a mi silencio distante, quizá irónico, relató que se encontraba sola en casa, pues su madre había bajado al estanco. Ella estaba haciendo unas multiplicaciones que abandonó por un momento para ir a la cocina a por una onza de chocolate. A punto de acceder al armario, sintió un picor en la oreja derecha y al ir a rascarse con el dedo notó que algo trataba de abrirse paso. Apartó el dedo y enseguida salió una mariposa blanca, no muy grande, que revoloteó cerca del techo hasta posarse en la campana de la cocina.

—Lo increíble —dijo— es que yo era esa mariposa. Estaba en dos partes a la vez: sobre el suelo de la cocina, en forma de persona, y sobre la campana, en forma de mariposa. Y me miraba desde allí, alucinada.

—¿Qué pasó luego? —pregunté.

—Escuché el ruido de la puerta y era mi madre, claro. Entonces la mariposa volvió al oído y se metió otra vez dentro de mi cabeza.

—Dentro de tu cabeza —repetí.

—Sí, y desapareció.

—Ya —dije.

—¿No te lo crees? —agregó al cabo de unos instantes frente a mi expresión imperturbable.

—Claro que no —respondí con una sonrisa.

22

Macarena hizo un gesto ambiguo y seguimos comiendo pistachos en silencio.

Después de que Amelia la recogiera, salí a la terraza a fumar un cigarrillo y una mariposa blanca, no muy grande, se detuvo en la barandilla.

—Hola, Macarena —le dije.

Y eso fue todo.

Al día siguiente, su madre me dejó a la niña porque le surgió un imprevisto y no le daba tiempo de localizar a la canguro. Le dije que no se preocupara, que se fuera tranquila, pues no me daba ninguna guerra.

Eran las siete de la tarde, hora a la que me suelo tomar un tentempié, de modo que cuando nos quedamos solos saqué un bol de pistachos y nos los fuimos comiendo a medias mientras me hablaba del colegio. Luego preguntó a qué me dedicaba yo «exactamente» y le dije lo que ya sabía: que era profesor de Lengua.

—En eso es en lo que peor voy yo —apuntó—, pero soy buena en cálculo.

—Una cosa por otra —concluí.

—Pregúntame algo —añadió.

—Sesenta y seis más seis.

—Setenta y dos —respondió al instante.

Estuve a punto de decirle que no, que sesenta y seis más seis eran seiscientos sesenta y seis, pero no estaba seguro de que fuera a entender la broma y tampoco quería confundirla.

—*Está muy bien.*

Como los pistachos nos dieron sed, preparé dos vasos de agua con hielo y una rajita de limón.

—*Mi madre no me deja tomar hielo* —dijo.

—*¿Te lo quito entonces?*

—*No.*

Cogió el vaso y le dio un sorbo con mil precauciones. Me reí y se rio. Luego estuvimos un rato en silencio. Ella había sacado la rodaja de limón del vaso y la chupaba con expresión de disgusto placentero. Finalmente volvió a hablar.

—*¿Sabes lo que me pasó ayer?* —dijo.

—*El qué.*

—*Estaba sola en mi habitación cuando empezó a picarme la oreja. Me rasqué y salió otra vez la mariposa del oído.*

—*Ya* —dije.

—*Estuvo muy poco tiempo fuera porque me llamó mamá y volvió enseguida a meterse en mi cabeza.*

—*¿Cuánto es poco tiempo?*

—*Lo que tarda en calentarse un vaso de leche en el microondas.*

—*Un minuto* —calculé.

—*Más o menos, pero me lo pasé volando por todo el cuarto. Marea ver las cosas desde arriba y desde abajo a la vez.*

Sonreí, condescendiente, y al rato vino Amelia a recogerla.

Ese mismo día, por la noche, cuando salí a la terraza a fumar el cigarrillo de antes de meterme en la cama, vi, posada sobre la barandilla, una mariposa idéntica a la de la noche anterior, quizá fuera la misma. Sus alas blancas resplandecían en la oscuridad. Acerqué mis dedos índice y pulgar en forma de pinza y la atrapé.

—Te cacé, Macarena —dije.

Entré con ella en la habitación donde leo y corrijo los trabajos y los exámenes de los alumnos y atravesé el tórax del insecto con un alfiler que clavé luego en el corcho de la pared. Me llamó la atención, al fijarme en su cuerpo, descubrir que evocaba las formas del cuerpo de una niña, pero deseché la idea como si se tratara de una sugestión enfermiza. Contemplé un rato cómo agitaba las alas, pues aún no había muerto, pero al expirar quedaron prácticamente cerradas, al contrario de las de los coleccionistas.

Al poco, llamaron violentamente a mi puerta. Era la madre de Macarena. La niña se había puesto muy mala y solicitaba mi ayuda desesperadamente.

—¿Qué le pasa? —pregunté mientras corría a su casa.

—Se queja de un pinchazo en el pecho.

Cuando llegué junto a ella, no respiraba ya. Amelia empezó a ahogarse de angustia y hube de sacarla de la habitación.

El resto de las hojas del cuaderno estaba en blanco. La muerte no le había permitido completarlas. Carlos supuso que se trataba del comienzo de un cuento o de una novela de carácter fantástico.

Los hombres turbios, pensó, escriben cosas turbias.

Cuatro

Al día siguiente, Carlos pidió a su madre las llaves del piso de su padre.

—¿Y eso? —preguntó ella.

—Quiero volver yo solo.

Su madre fingió buscarlas, como si no se acordara de dónde las había metido, mientras intentaba disuadirlo.

—Eres mayor de edad y la casa es tuya —dijo—, pero no estoy segura de que sea buena idea.

—¿Por qué?

—Tu padre...

—Lo sé: era un hombre turbio —agregó.

Mientras se mordía el labio inferior, la madre observó dubitativa al hijo.

—Logré que no te hiciera daño mientras vivía —dijo—. No quiero que te lo haga ahora que está muerto.

—No te preocupes, sabré defenderme de un fantasma.

Finalmente, y al comprobar que su decisión era firme, la mujer le entregó las llaves, aunque no sin disgusto.

—Toma —dijo al tiempo que las arrojaba sobre la mesa.

Y a Carlos le pareció que estaba celosa del difunto.

Tras abrir con el sigilo de un ladrón la puerta del piso del padre y traspasarla, se estremeció. Luego, en actitud de cautela, pues le sobrecogía el hecho de hallarse solo en la vivienda, se dirigió al despacho y observó el corcho de la pared, en el que no se había detenido el día anterior y que estaba lleno de notas cuya caligrafía reconoció enseguida. Entre las notas descubrió una mariposa de alas blancas. ¿Aquella de la que su padre hablaba en el cuaderno?

¿Macarena?

Acercó la mano con intención de desclavarla, pero al observarla de cerca le pareció que el cuerpo del insecto se asemejaba un poco, de verdad, al de una niña y le dio aprensión tocarla.

Se sentó con la respiración algo agitada en la silla de trabajo del despacho y encendió el ordenador con pocas esperanzas de acceder a su contenido, pues supuso que le pediría una contraseña. Resultó que el aparato se activaba por medio de un programa de reconocimiento facial que, increíblemente, tomó el rostro de Carlos por el de su padre.

Tras recuperarse de la sorpresa, empleó un par de horas en revisar sus carpetas y en leer parte de sus correos electrónicos sin hallar nada significativo. Cuanto aparecía en las entrañas de la máquina guardaba relación con las clases de Lengua o con sus intereses profesionales. El historial de búsquedas tampoco reveló nada extraordinario. Todo resultaba de una neutralidad un poco cruel, como si el dueño de aquel ordenador hubiera carecido de una identidad diferente de la que le proporcionaba el trabajo o, en el caso de poseerla, hubiera preferido no dejar rastro de ella en sitio alguno. El hombre turbio ni siquiera había frecuentado alguna de esas páginas porno de las que el hijo era devoto. Solo en el cuaderno escrito a mano, y descubierto por casualidad el día anterior, se percibía algo fuera de lo común, algo extraño, pues contaba una historia fantástica de la que, sin embargo, el hijo acababa de encontrar un resto en la realidad: la mariposa disecada sobre el corcho de la pared, rodeada de notas de orden práctico.

Carlos empezó a sudar anormalmente, de modo que se levantó y fue a abrir la ventana con la esperanza de que entrara el aire. Luego volvió a tomar asiento en la silla de su padre y recordó que en su día lo había buscado en las redes sociales sin hallarlo en ninguna, como si su negativa a multiplicarse más allá del perímetro de su cuerpo fuera el resultado de un deseo de anonimato feroz, que rozaba lo insólito.

Llevó a cabo un resumen de la situación:

Muy poco antes de matarse con la moto, su padre había comenzado un relato fantástico, aunque de apariencia autobiográfica, en el que mencionaba a una niña de diez años, Macarena, hija secreta de él y de la vecina del piso de al lado, una tal Amelia. La niña le había contado que era capaz de desdoblarse en mariposa, ya que su cuerpo coexistía a veces con el de ese insecto, que salía de su oído tras anunciarse con un picor y siempre cuando se encontraba sola.

En esa especie de diario novelado, el padre contaba que había cazado en la terraza de su casa una mariposa blanca, presumiblemente la que aparecía clavada en el corcho de su cuarto de trabajo. Por lo tanto, la mariposa del relato fantástico quizá era real.

Le quedaba por averiguar si existía esa pareja de vecinos jóvenes a los que aludía el texto del padre y si habían perdido hacía poco a una hija de diez años, de nombre Macarena, que, de ser cierto todo lo demás, habría sido su hermana, o su medio hermana, según la terminología que prefiriera usar.

Era mediodía. La lluvia había regresado durante la noche anterior, había cesado al amanecer y ahora, combinada con el viento, se manifestaba a ráfagas que golpeaban los cristales de las ventanas con una cadencia llena de pautas, como si se tratara de un código con el que quisieran decir algo a los habitantes de aquellas torres que se asomaban a la carretera de circunvalación de la ciudad. Carlos cerró la ventana para evitar que se mojara el parqué y permaneció indeciso en medio de la habitación cuyas paredes, como las del salón, aparecían también forradas de volúmenes. Repasó los títulos sin que le dijeran nada, pues el mundo de los libros le resultaba muy ajeno. Quizá, pensó, en vez de buscar a su padre en las entrañas del ordenador, debería buscarlo en el interior de aquellas obras, pero por dónde empezar.

En el dormitorio se dejó caer sobre la cama del padre y observó el techo durante unos instantes mientras los pensamientos entraban y salían desordenadamente de su cabeza. Reparó entonces en un libro voluminoso y muy manoseado que había sobre la mesilla de noche: una recopilación de cuentos de los hermanos Grimm que abrió al azar, para tropezarse con *La Cenicienta*. Le extrañó que su padre frecuentara esos relatos infantiles, pero apenas leyó las primeras líneas se precipitó en el interior de la historia, que discurría en una alcoba de muebles antiguos, aunque de una época indefinida. Sobre la cama de esa alcoba agonizaba una mujer acompañada por su hija. Carlos percibió el olor agrio de la muerte, que se parecía, pensó, al de un yogur pasado de fecha. Los labios de la mujer se fruncían, imitando las formas de un ojal, sobre las encías sin dientes. Le sorprendió que la hija, arrodillada frente a la moribunda, soportara su aliento. Ya a punto de expirar, la mujer, con la voz muy debilitada, recomendó a la hija que fuera buena y bondadosa.

—De ese modo —añadió—, yo te ayudaré y te cuidaré desde dondequiera que esté.

Carlos detuvo la lectura, estremecido por el desdoblamiento del que se sentía víctima, pues de un lado se reconoció a sí mismo sosteniendo el libro entre las manos, pero de otro se halló literalmente dentro de la alcoba de la mujer agonizante, asistiendo a sus últimos momentos. Se encontraba en los dos sitios a la vez y con idéntico grado de realidad.

Desconcertado, apartó el libro, señalando con un dedo la página en la que había abandonado la lectura, y cerró los ojos para intentar recomponerse. Aun así, continuó fuera y dentro del cuento al mismo tiempo. Asistía, por un lado, a la agonía de la mujer en el interior de la alcoba sin dejar por eso de hallarse tumbado sobre la cama en la que había dormido su padre cuando estaba vivo. La situación se tradujo en un malestar físico al que hizo frente con la resolución mental de entregarse a la curiosidad en vez de al pánico. Al retomar la lectura, le sorprendió la capacidad del relato para sacarlo de su propia vida obligándolo a entrar como testigo en otra con la que no tenía relación alguna.

Más calmado, comprendió oscuramente que el lector de un relato formaba parte, lo quisiera o no, de su trama, aunque en calidad de fantasma, puesto que ni la agonizante ni la hija eran capaces de percibir su presencia.

La mujer, muy menuda, falleció con un estertor áspero, sin proporción alguna con su tamaño. Luego, y como si hubieran intervenido unas fuerzas mágicas, Carlos se vio trasladado a un cementerio al que la joven huérfana acudía a diario para visitar la tumba de su madre. Enseguida, sin transición, llegó el invierno y la nieve cubrió el sepulcro. Un instante después, ya que todo ocurría a velocidades de vértigo, vino la primavera, el sol derritió la nieve y el padre de la huérfana se casó con otra mujer.

Por aquí, pensó Carlos, por donde yo me muevo ahora, se movió también mi padre. Mi padre, como yo ahora, fue un fantasma en el interior de esta historia.

Acostumbrado a las transiciones temporales de la vida real, que resultaban lentas porque en ella las elipsis no existían, se sorprendió al hallarse otra vez en la casa de la huérfana, donde la reciente esposa del padre había traído a dos hijas tan hermosas físicamente como feas de espíritu.

Enseguida vio cómo las nuevas habitantes de la casa reducían a la huérfana a la condición de una esclava a quien obligaban a trabajar sin pausa y a dormir en la cocina, sobre la ceniza que dejaban las brasas, de ahí el apodo con el que se dirigían a ella.

¿Por qué no interviene el padre?, se preguntó Carlos. Pero el padre estaba ausente en esa zona del relato. Ausente, pensó, como su propio padre lo había estado en la vida de él.

Este pensamiento se tradujo en una pesadumbre muy honda que lo acompañó mientras atravesaba un pasillo ancho, con el suelo de cerámica y las paredes amarillas. De uno de los extremos del pasillo procedía una luz blanca, como la del mediodía, y un ruido que le recordó al de los platos y los vasos cuando se colocan en el fregadero. Se dirigió hacia allí moviendo con cautela las piernas fantasmas, como si sus pies pudieran hacer ruido al caminar por el interior del cuento, y entró en una cocina amplia y antigua donde, inclinada sobre la pila, de espaldas a él, Cenicienta fregaba una vajilla cuyas piezas colocaba a su derecha, en la encimera, después de aclararlas.

Carlos se acercó a la joven y la contempló sin que esta diera muestras de sentir su presencia. Le pareció muy bella también, de una belleza distinta a la de las hermanastras, una belleza más tenaz, quizá, más obstinada, aunque oculta bajo una capa de sumisión.

Soy un verdadero fantasma para los personajes de este cuento, volvió a reflexionar. Yo puedo verlos y escucharlos a ellos, pero ellos no pueden verme ni escucharme a mí.

En esto, se abrió una puerta al fondo del pasillo y enseguida vio avanzar hacia la cocina a la madrastra de Cenicienta, vestida de un modo estrambótico, con un traje ajustado a la cintura que le llegaba a los tobillos y un moño tan grande que parecía una segunda cabeza. La mujer, muy estirada, entró en la pieza, atravesó el cuerpo fantasma de Carlos y se dirigió con una mirada a la joven que fregaba la vajilla.

—Cenicienta, acaba ya con los cacharros, que todavía tienes que barrer los suelos y planchar la ropa —ordenó antes de abandonar de nuevo la estancia.

Dejándose arrastrar por la peripecia narrativa, que lo conducía de una a otra situación como se supone que se viaja a través de los agujeros negros, Carlos vio ahora cómo el padre de Cenicienta salía un día de viaje y regresaba con regalos para las hijastras y para la hija. Para las primeras trajo joyas y vestidos, y para la segunda, tal y como ella misma le había solicitado, el primer brote de un árbol cuyas ramas chocaran con su sombrero y que resultó ser un avellano.

La huérfana, seguida por el fantasma de Carlos, se dirigió al cementerio, donde plantó el brote de avellano junto a la tumba de su madre. En días sucesivos lo regó con sus lágrimas y enseguida se convirtió en un árbol en cuyas ramas solía posarse un pájaro blanco que concedía a Cenicienta sus deseos.

Una noche en la que Cenicienta dormía en el lecho de cenizas que sus hermanastras le habían destinado en la cocina, escuchó sonar un teléfono, lo que a Carlos le pareció un anacronismo hasta que se dio cuenta de que sonaba fuera del cuento, en el lado de acá, en el de la realidad, al que regresó momentáneamente, sin abandonar por eso el de allá, el del relato, para advertir con sorpresa que en este lado apenas habían pasado unos minutos, mientras que en el cuento habían transcurrido varios años. Aquella falta de correspondencia entre los dos tiempos lo dejó tan desconcertado que decidió no atender el teléfono y regresó, como el buceador tras tomarse un respiro, a su existencia de fantasma en la vida de Cenicienta. Y así vio que la joven se levantaba, se alisaba el vestido, se arreglaba un poco el cabello y salía de la casa para dirigirse, como cada día, al cementerio, donde lloraba ante la tumba de su madre. El avellano había crecido como si tuviera varios años y el pájaro que concedía a la joven sus deseos piaba, como siempre, en una de sus ramas. Carlos, más consciente ahora de la situación en la que se hallaba, fue fijándose en todo mientras comparaba su calidad fantasmal con la de cuanto le rodeaba.

Junto a este avellano, pensó, debió de estar también el fantasma de mi padre, seguramente poco antes de morir, pues su libro se hallaba en la mesilla de noche. Pero el hijo no leía ahora el cuento, sino que se encontraba en su interior.

En esto, el monarca del reino en el que vivía Cenicienta organizó una fiesta de tres días de duración a la que invitó a todas las jóvenes casaderas del país para que su hijo buscara novia entre ellas. La cuestión trastornó a Carlos. El cuento se refería a una época remota en la que las jóvenes se presentaban en palacio ofreciéndose como una mercancía a los príncipes, aunque en la vida real había ocurrido algo muy parecido con un productor de cine americano que abusaba de las aspirantes a estrellas. Pero ahora él estaba presente en la acción y en alguna medida, por el mero hecho de presenciar el atropello, se sentía en parte responsable de él.

Asistió, pues, con pesar a la alegría que la noticia provocó en las hermanastras de Cenicienta, que fue obligada a peinarlas, a sacar brillo a sus zapatos y a preparar sus vestidos. Pero más pena y más sentimiento de culpa le produjo aún ver que Cenicienta lloraba porque no le permitían acudir a la fiesta.

—No llores, boba, es humillante —le susurró al oído sin que la joven diera muestras de escucharlo.

Lejos de eso, la huérfana se dirigió a la madrastra y le rogó que le permitiera acompañarlas.

—¿Qué dices? —le contestó la madrastra riéndose de ella—. Mírate: estás sucia, llena de cenizas, y no tienes los vestidos ni los zapatos adecuados. ¿Cómo vas a bailar?

Pero Cenicienta insistió tanto y tanto que la madrastra, echando una fuente de lentejas a las cenizas, le dijo:

—Si en dos horas has conseguido separar las lentejas de las cenizas, te dejaré ir.

Cenicienta corrió al patio de la vivienda y pidió a los pájaros que acudieran en su ayuda. Enseguida se organizó dentro de la cocina un alboroto de plumas como Carlos no había visto jamás. Las aves seleccionaron con sus picos, a velocidad de vértigo, las lentejas y devolvieron las semillas a la fuente en un santiamén.

La madrastra, pese a lo que le había prometido, insistió en que la huérfana no tenía ropa ni sabía bailar.

—Harás el ridículo —le dijo.

A Carlos le puso furioso el incumplimiento de la madrastra y gritó inútilmente a Cenicienta que dejara de humillarse. Ella insistió e insistió hasta que la madrastra echó en esta ocasión dos fuentes de lentejas a las cenizas prometiéndole que le permitiría ir si era capaz de seleccionarlas en una hora, lo que resultaba del todo imposible.

Apenas había salido la mujer de la cocina cuando entraron de nuevo los pájaros, que llevaron a cabo la tarea en unos instantes. La joven le mostró las dos fuentes a la madrastra, convencida de que esta vez cedería, pero la mujer le dio la espalda y se marchó a la fiesta con sus hijas. Carlos, desesperado, recorrió las habitaciones de la casa en busca del padre, para instarle a que hiciera algo. Pero aquel hombre jamás estaba delante cuando su hija lo necesitaba.

Cuando Carlos y Cenicienta se quedaron solos, volvieron a la tumba de su madre, donde el pájaro que cumplía sus deseos le proporcionó un traje de oro y plata y unos zapatos de seda. La joven volvió a casa, se arregló el cabello, se vistió, se calzó y se fue a la fiesta.

En un abrir y cerrar de ojos, víctimas de esas elipsis que a Carlos le parecían agujeros negros practicados en la realidad temporal, los dos se encontraban en palacio.

Los peinados y los vestidos de quienes llenaban el gran salón de baile se ajustaban a una época indeterminada que Carlos, carente de información histórica, situó en «la de los cuentos». A ratos le parecía hallarse en el interior de una de aquellas ilustraciones de los libros de su infancia en los que se hablaba del pasado como de un lugar físico más que como de un periodo.

Por cierto, que en la historia de Cenicienta que conservaba en su memoria, era un hada madrina, y no un pájaro, la que proveía a la joven de la ropa y los zapatos adecuados. Cayó entonces en la cuenta de que, pese a conocer la existencia de los hermanos Grimm, jamás los había leído. Le sorprendió que hubiera versiones alternativas de un relato tan famoso, aunque en el mundo de la realidad tampoco la gente se ponía de acuerdo respecto de los mismos hechos.

Cómo averiguar, se dijo, si he abandonado la realidad para entrar en un cuento o he abandonado un cuento para entrar en la realidad.

La idea lo llenó de inquietud.

Entre tanto, la música sonaba y sonaba en el salón de baile de palacio y todos se movían a su compás llevando a cabo lo que a él le parecían reverencias ridículas y gestos de cortesía que le habrían hecho reír de no hallarse tan fuera de lugar. El príncipe del reino, ataviado con una especie de híbrido de atuendo militar y uniforme de portero de hotel, se había fijado ya en Cenicienta, cuya belleza sobresalía de entre la del resto de las mujeres como una flor en una grieta del asfalto. No dejaba de bailar con ella, para disgusto de las demás pretendientas.

—Esta es mi novia —decía cuando su padre, el rey, o algún alto cargo de la corte le sugerían que prestara atención a las numerosas jóvenes que habían acudido a la convocatoria.

Carlos se descubrió disfrutando de la notoriedad alcanzada por Cenicienta, como si parte del éxito de ella fuera atribuible a la presencia fantasmal de él.

Entrada la noche, cuando Cenicienta decidió retirarse, el príncipe se ofreció a acompañarla, pues quería saber dónde vivía, pero ella salió corriendo y al llegar a casa se escondió en el palomar. Entonces, de súbito, apareció el padre de la joven, al que el príncipe informó de lo ocurrido.

¿Será Cenicienta, mi hija, la muchacha de la que habla?, se preguntó el hombre, que revisó de arriba abajo el palomar sin hallar a nadie dentro.

Cuando las hermanastras y su madre regresaron de la fiesta, Cenicienta dormía, como siempre, sobre las cenizas de la cocina, pues tras salir a toda prisa por la parte de atrás del palomar había ido al cementerio, donde se había quitado el vestido y los zapatos y los había dejado encima de la tumba, junto al avellano, de donde el pájaro se los había llevado.

Mientras Cenicienta dormía, Carlos escuchó el sonido de un timbre que no venía del interior del cuento, sino de fuera, y pensó que seguramente se trataba del timbre de la puerta de la vivienda. Entonces, en su condición de fantasma, se asomó a la realidad y se vio a sí mismo con el libro entre las manos. El Carlos real y el Carlos fantasma se miraron un instante y el Carlos fantasma le indicó al real, con un movimiento de la cabeza, que no atendiera a la llamada. Luego, cada uno volvió a lo suyo, sorprendidos ambos por esta suerte de desdoblamiento que les recordó al de Macarena y la mariposa.

En ese instante, Cenicienta, despierta ya, se frotaba los ojos con los puños manchados de cenizas. Pero volvió a sonar el timbre de la puerta y el Carlos real detuvo de nuevo la lectura del cuento, congelando en consecuencia a su fantasma. Casi a continuación, ambos escucharon el ruido característico de una llave al penetrar en la cerradura de una puerta.

El Carlos real cerró, asustado, el libro, sumiendo en la oscuridad al Carlos fantasma. Se oyeron unos pasos indecisos en el vestíbulo del piso; después en el salón, y enseguida en el pasillo. El Carlos fantasma se movió en la oscuridad hacia una luz que provenía, supuso, de una grieta abierta en el canto del libro, tan usado. Desde ella vio aparecer en la puerta de la habitación a una mujer que al descubrir al Carlos real sobre la cama dio un grito al tiempo que se llevaba la mano al pecho, como cuando a alguien se le corta la respiración. El Carlos real, por su parte, se había incorporado con los ojos muy abiertos e intentaba articular unas palabras que no lograron salir de su boca hasta que el Carlos fantasma abandonó el libro por la grieta del canto y voló hacia su cuerpo para introducirse en él.

—¿Quién es usted? —dijo.

—Yo, yo... —balbuceó la extraña mostrando las llaves de la casa, como queriendo señalar que tenía acceso regular a la vivienda.

Carlos dejó la cama y al ponerse de pie acentuó aún más la turbación de la mujer.

—Eres igual que él —dijo al fin ella—, más joven, pero idéntico a él.

—¿Idéntico a quién?

—A Carlos, la persona que vivía aquí.

—Soy su hijo.

—¡Ah, no sabía que tenía un hijo!

La mujer explicó entonces que era la vecina del piso de al lado y que había sido muy amiga del padre de Carlos.

—Por eso tengo las llaves del piso —dijo—. He entrado después de llamar un par de veces porque me había parecido escuchar ruidos.

Tendría unos treinta y cuatro o treinta y cinco años, era flaca, estaba demacrada y llevaba el pelo muy corto y desordenado. Vestía una bata ligera, amarilla, de las de andar por casa, que le llegaba a los tobillos, como si acabara de levantarse de la cama. Parecía enferma.

Tras superar los primeros titubeos, Carlos le propuso tomar un café y los dos se dirigieron a la cocina, donde fue ella la que preparó las tazas, pues sabía dónde se encontraba cada cosa.

—Perdona que haya entrado así —se disculpó la mujer, refiriéndose a su aspecto—, pensé que no habría nadie dentro. Que los ruidos serían de las tuberías. Ayer también se oyó algo.

—Éramos mi madre y yo —dijo Carlos—, que vinimos a revisarlo todo.

—Pero no te vi en el entierro.

—No estuve. Mi padre y yo no tuvimos ninguna relación, pero parece que ahora esta casa es mía.

—Ya. —La mujer se llevó a los labios la taza de café recién hecho.

Carlos pensó que quizá se trataba realmente de la vecina de la que hablaba su padre en el cuaderno.

—Yo me llamo Carlos, como mi padre. ¿Y tú?

—Yo, Amelia. Encantada —añadió tendiéndole la mano al joven con una sonrisa.

—Encantado —dijo Carlos respondiendo al gesto.

Luego se produjo un grumo de silencio que deshizo la mujer:

—Te sorprenderá que fuera tan amiga de tu padre y que no supiera que tenía un hijo, pero es que él era así, muy reservado. Lograba hacerte creer que carecía de pasado. No es que se hiciera el misterioso ni nada parecido, es que conseguía, no sé cómo, que la conversación jamás girara en torno a él. Me he dado cuenta después de su fallecimiento. ¿Cómo es posible que supiera tan poco de su vida?, me pregunto ahora.

—Yo tampoco sabía nada de él.

—Pues sois iguales, de verdad, por eso me he asustado al verte. Creía que estaba frente a su fantasma.

—¿Estás enferma?

—No, bueno, sí. No sé. Estoy de baja porque hace poco, precisamente el día antes del accidente de tu padre, murió mi hija, Macarena, que tenía diez años.

Carlos escuchó la noticia con expresión de lástima, procurando reprimir la impresión provocada por la cantidad de conexiones que se establecían en su interior. Todo aquello que había leído en el cuaderno se ajustaba, de momento, a la realidad. Según eso, aquella mujer, Amelia, había sido amante de su padre, y la niña muerta, Macarena, era hija de los dos y por lo tanto su hermana o hermanastra. Se abría ante él una vida que le pertenecía, aunque no la había vivido.

A medida que los minutos pasaban, iba tomando nota de los rasgos físicos de la mujer. Primero, la cabeza, con el pelo tan corto y tan desorganizado que sugería alguna forma de desesperación. La frente era un tabique breve y exquisito, ligeramente curvo e interrumpido por las cornisas ásperas y oscuras de las cejas, anchas y pobladas. Los ojos, pequeños y sombríos, con una pupila diminuta y febril, semejante a la punta de un alfiler que se clavaba allí donde se depositaba su mirada. La nariz, muy estrecha, muy delicada en contraste con la aspereza o brutalidad de las cejas, terminada en dos orificios casi impracticables, como si hubiera sido colocada en el medio del rostro para decorarlo más que como un órgano de la respiración. Los labios resultaban algo delgados también, no tanto como para parecer crueles, pero sí muy resolutivos, muy solventes en la toma de decisiones, fueran cuales fueran. Esa capacidad resolutiva encontraba apoyo en la firmeza de la barbilla, por donde el rostro se afilaba como un delta inverso.

45

Bajo la bata amarilla, algo desgastada por el uso, Carlos advirtió que el pecho de la mujer y sus caderas se relacionaban como los elementos de una arquitectura compleja y viva mediante la brevísima cintura.

Amelia permanecía de pie apoyada en la encimera, sosteniendo las llaves de la casa entre las dos manos a la altura del escote, como si, en vez de sujetarlas, se sujetara a ellas.

—¿Y tú a qué te dedicas? —preguntó a Carlos.

—En octubre, después del verano, empiezo la carrera —respondió—. Voy a estudiar Administración y Dirección de Empresas. Quiero ser analista de riesgos.

Ante la locución «analista de riesgos», la mujer compuso una mueca a medio camino entre la fascinación y el espanto.

—Me tengo que ir —dijo entonces haciendo el gesto de devolverle las llaves.

—Quédatelas —rogó Carlos—, es bueno que sigas teniéndolas, por si extravío las mías.

—Bueno, tu padre debía de tener las mías por ahí. Quédatelas también. ¿Qué vas a hacer con el piso?

—Me voy a venir a vivir aquí.

Cuando Amelia salió, Carlos regresó al dormitorio del padre, se dejó caer sobre la cama e imaginó lo que sería tener entre los brazos el cuerpo (y quizá la mente) de aquella mujer que tal vez había estado entre los de su padre. Aunque la idea lo excitó, no llegó a masturbarse porque el sentimiento de transgresión resultó más poderoso que el deseo.

Entonces sonó el móvil. Era su madre.

—Voy a dormir aquí. Mañana te llamo —le dijo Carlos, y colgó antes de que a ella le diera tiempo a responder.

Enseguida, el teléfono volvió a sonar, pero no lo atendió. «No insistas, mamá, está decidido», le escribió en un wasap.

Entre tanto, la tarde había caído. Aún era temprano para meterse en la cama, pero decidió hacerlo tras desnudarse y ponerse un pijama del padre con el que permaneció frente al espejo unos minutos, quizá evaluando los riesgos de aquella toma emocional de posiciones.

Luego, ya en la cama, abrió de nuevo el libro de los hermanos Grimm y continuó la lectura del cuento allá donde la había interrumpido. Apenas atravesadas las primeras líneas, se precipitó en el interior de la existencia de aquellos personajes en calidad de fantasma. Comprendió enseguida que en la dimensión del relato los personajes se encontraban en el tercer día de los festejos organizados por el príncipe. Ya las hermanastras y la madrastra de Cenicienta habían vuelto a palacio y ya Cenicienta se hallaba en el cementerio, frente al avellano que crecía junto a la tumba de su madre, y ya volvía a pedirle al pájaro que le facilitara un atuendo de gala para acudir ella también al baile.

Cuando llegó a palacio con su vestido de encaje y sus zapatos de oro, todo el mundo se volvió a mirarla, pues era realmente la joven más bella que cupiera imaginar. El fantasma de Carlos caminaba a su lado, comparando esa belleza de cuento con la de Amelia, la vecina, que, en alguna medida y si el relato del padre fuera cierto en su totalidad, había sido —quizá todavía lo era— su madrastra. El hijo del rey corrió enseguida a su lado y bailó solo con ella, sin hacer caso a las insinuaciones del resto de las pretendientas ni a los consejos de su padre y sus ministros.

Una vez más, cuando llegó la noche, lejos de dejarse acompañar, Cenicienta huyó sola de forma tan ágil que al príncipe le fue imposible seguirla. Pero en esta ocasión había untado las escaleras con un engrudo, de modo que el zapato izquierdo de Cenicienta quedó pegado a uno de los escalones. El príncipe lo tomó entre las manos y comprobó que era pequeño, bello y completamente de oro.

Al día siguiente fue a la casa del padre de la joven y le dijo:

—Me casaré con aquella de tus hijas cuyo pie entre en este zapato de oro.

Las hermanastras enloquecieron de alegría en la seguridad de que sus pies encajarían en el calzado mágico. La mayor se fue con él a su habitación e intentó probárselo delante de su madre, pero el zapato le quedaba pequeño. Entonces la madre fue a buscar un cuchillo muy afilado a la cocina y ordenó a la hija que se cortara el dedo gordo.

—Cuando seas reina —añadió—, no necesitarás andar.

La muchacha, para espanto de Carlos, obedeció y de la herida manó una sangre abundante que llegó al rostro incorpóreo del joven y puso perdido el suelo de la estancia. Pero gracias a aquella brutal amputación logró encajar su pie izquierdo en el zapato.

El hijo del rey la montó en su caballo y se dirigió con ella a palacio. Al pasar junto al cementerio, dos palomas que se hallaban en las ramas del avellano le advirtieron de que manaba sangre del pie de la joven.

El príncipe, enfadado al darse cuenta del ardid, la devolvió a la casa quejándose de que no era la verdadera.

Tomó entonces el zapato la hermana menor y se fue con él a la habitación, donde intentó ponérselo. El dedo gordo le entraba bien, pero el talón resultaba demasiado grande, por lo que la madre, entregándole el cuchillo de cocina, le ordenó que se lo recortara hasta que le encajara diciéndole:

—Cuando seas reina, no necesitarás andar.

La sangre volvió a salpicar a Carlos y a correr por la habitación, y, nadando en ella, se veía el trozo de pie que la joven se había cortado, que fue a reunirse con el dedo gordo de su hermana, aún en el suelo. Pero el pie entró en el zapato, de modo que el príncipe la montó en su caballo para llevarla a palacio. Al pasar cerca del cementerio fue advertido del engaño por las dos palomas posadas en las ramas del avellano.

Tras devolverla a su casa, preguntó al matrimonio si no tenían otra hija.

—No —dijo el hombre—. Bueno, queda una cría sucia y cenicienta que tuve con mi primera esposa, pero no puede ser ella.

El príncipe insistió en verla y tuvieron que llevarla a su presencia, donde se probó el zapato, que le quedaba como hecho a medida.

Frente al estupor y la rabia del resto de la familia, el príncipe la montó en su caballo y cabalgó con ella. En esta ocasión, al pasar cerca del cementerio, las palomas, desde las ramas del avellano, certificaron que la joven era la dueña del zapato. Luego volaron hasta los hombros de Cenicienta, y se posaron una en el derecho y la otra en el izquierdo.

El día de la boda, las hermanastras acudieron a palacio, pues querían llevarse bien con la nueva princesa, pero las palomas les sacaron los ojos con sus picos delante de todos, incluido Carlos, y se quedaron ciegas para siempre.

Cinco

Al día siguiente, Carlos se despertó pronto y confuso. En la ducha, mientras se frotaba el cabello con los ojos cerrados, tratando de obtener espuma del champú, imaginó a su padre allí mismo y en una postura idéntica a la de él, lavándose el pelo. Por un instante sintió que el cráneo que frotaba no era el suyo, sino el de su progenitor. La extrañeza respecto de su propio cuerpo le obligó a abrir los ojos, pese al peligro del jabón, para recomponer la realidad. Cuanto usaba había pertenecido al padre, pues al matarse en la moto todo lo había dejado como si fuera a regresar. Nadie sale de casa por la mañana con la perspectiva de no volver nunca más.

Luego abrió las puertas del armario empotrado del dormitorio, en cuyo interior reinaba el orden neutro del resto de la vivienda. La ropa aparecía perfectamente clasificada: las camisas, en el cuerpo izquierdo; los pantalones y las americanas, en el derecho; la ropa interior y los calcetines, en los cajones que ocupaban la parte inferior del mueble; en el rincón izquierdo de abajo, un espacio con barras para colocar los zapatos. Al introducir un poco la cabeza, percibió un olor familiar, pues también su propia ropa olía de ese modo.

Como si vistiera a otro, se vistió de dentro afuera con las ropas del padre, y todo le caía bien. Se asombró al verse en el espejo. Parecía que se había hecho mayor con aquellos pantalones claros, de raya, tan distintos de los vaqueros que siempre usaba él, y con la chaqueta oscura, otra prenda de vestir que solo había utilizado en contadas ocasiones. Estuvo a punto de añadir al conjunto una de las corbatas que colgaban de una percha especial, pero pensó que era ir demasiado lejos. En cuanto a los zapatos, también su padre y él gastaban el mismo número, por lo que se calzó un par de cordón y color cuero.

¿Qué hacer?

En un armario de la cocina encontró cereales y galletas. Eligió las galletas, que combinó con un yogur sin caducar que había en la nevera. Cuando mi padre lo compró, pensó, no podía imaginar que duraría más que él.

Abrió libros al azar. Novelas, pues era lo que más abundaba, pero apenas leía una o dos palabras por miedo a caer dentro de ellas como había caído dentro del cuento de Cenicienta, en el que, de alguna manera, todavía continuaba. En cierta ocasión, unos compañeros le habían invitado a probar una droga que le había provocado una disociación semejante, por lo que no volvió a acercarse a ella ni a ninguna otra.

Pero la lectura, pensó, no era una droga. Quizá el hecho de que su padre estuviera leyendo —releyendo más bien— el libro de los hermanos Grimm le había causado una sugestión excesiva que contenía aspectos seductores: el de realizar, por ejemplo, el sueño infantil de volverse invisible, al menos en la dimensión del cuento y para los personajes que formaban parte de su trama. No sabía por qué calles de la realidad había caminado su padre, ni qué líneas de metro o de autobús había utilizado, pero tenía a su alcance las historias imaginadas por las que había discurrido su existencia. Aquella invisibilidad le producía un vértigo que le resultaba atractivo. Solo con imaginarlo, incluso sin necesidad de cerrar los ojos, podía regresar a la cocina en la que Cenicienta fregaba los cacharros y dormía sobre un lecho de cenizas, podía regresar al cementerio, podía asistir de nuevo al momento en el que una de las hermanastras se cortaba el dedo del pie con un cuchillo de cocina para que le entrara el zapato. Podía ver su sangre y la sangre de la otra hermanastra cuando se rebanaba el talón con el mismo objetivo. Y podía asistir al instante trágico en el que las palomas vaciaban las cuencas de los ojos de aquellas dos mujeres malas. Pero tras presenciar aquel acto tan cruel, ¿no quedaba en entredicho la bondad de Cenicienta?

¿Por qué le había atraído tanto aquella historia infantil?

¿Infantil?, se preguntó.

Abría un libro tras otro sin decidirse, no daba el paso de iniciar su lectura. Los abría en parte también con la esperanza de hallar una fotografía, un billete de autobús, una nota abandonada entre los centenares y centenares de páginas. Nada. Las hojas ni siquiera estaban dobladas por la esquina superior, para señalar el punto en el que se había abandonado la lectura. Le sorprendió aquella voluntad de no dejar huellas, aunque él, Carlos, su hijo, era finalmente una huella. Y la niña muerta de la vecina, Macarena —si en verdad había sido de él—, también. Una huella muerta. Un resto fósil.

La mariposa.

Regresó al estudio y en esta ocasión la desclavó del corcho para observarla con atención. Su cuerpo evocaba, efectivamente, el de una niña. Buscó en internet imágenes de mariposas y todos los cuerpos lo evocaban. Jamás había reparado en esta semejanza.

Volvió a clavarla. ¿A clavar a su hermana?

Seis

Alejarse de su madre no resultó sencillo. Fueron precisas varias discusiones en las que Carlos no parecía tanto un hijo en vías de independizarse como un marido que pretende abandonar el hogar conyugal. En algún momento de aquellas difíciles negociaciones, se sintió invadido por la mente del padre muerto.

—Deberías odiarme como lo odiabas a él —le dijo a la madre—, porque somos físicamente idénticos.

—¿Quién te ha dicho eso?

—Lo sé, da igual, el caso es que lo sé.

La madre, quizá en la idea de que una oposición excesiva podría producir el efecto contrario al deseado, cedió al fin bajo la condición de que el joven no echara a perder sus estudios universitarios, que comenzaría tras el verano.

Carlos se hizo cargo al completo de la herencia del padre, incluidos los valores y las cuentas bancarias, y, una vez descontados los impuestos y demás gravámenes, quedó un monto con el que, según sus cálculos, podría vivir holgadamente varios meses, quizá un año. Entre tanto, pensó, buscaría un trabajo que compatibilizaría con la carrera. Le sorprendió la faceta ahorradora del padre turbio, además de su tino a la hora de invertir el dinero con la cantidad de osadía precisa para obtener ganancias sin poner en riesgo el capital.

Instalado definitivamente en la vivienda, inició unas rutinas que lo pusieran a salvo de las horas vacías del verano. Exploró con método el barrio. Eligió el supermercado, las tiendas de proximidad, las calles por las que salir a caminar cuando la casa le resultara opresiva. Como nunca había sido muy sociable, tampoco le costó rechazar las escasas invitaciones para salir por las noches de sus ya antiguos, aunque tan cercanos, compañeros o amigos del instituto.

Lo estrenaba todo: el piso, la independencia, la ropa (la de su padre, que estaba como nueva), la soledad. Estrenaba también el mundo adulto. En cierto modo, se inauguraba a sí mismo, lo que a ratos le producía un vértigo casi insoportable y a ratos, punzadas de dicha que atravesaban su estado de ánimo a la velocidad de una de esas estrellas fugaces ante cuya presencia cerramos los ojos para expresar un deseo.

¿Cuál era el suyo?

Hacerse cargo de su vida, pues hasta el momento, pensaba, había sido un mero apéndice de la de su madre.

Pasaba muchas horas atento a los movimientos de los ascensores del bloque, al levísimo rumor que llegaba hasta el salón y la cocina de la casa. Había educado el oído para escucharlos subir o bajar. Cuando subían, se apostaba frente a la mirilla de la puerta de entrada para comprobar si Amelia llegaba o se iba. Pero la mujer salía y entraba poco y le servían a domicilio los pedidos del supermercado.

Una tarde, pocos días después de instalarse en la casa, llamaron a la puerta y resultó ser ella. Al ver a Carlos vestido con la indumentaria de su padre emitió un gemido al tiempo que se llevaba la mano al pecho.

—Resulta que me viene bien su ropa —se excusó Carlos.

Amelia venía con un chándal amplio y ligero, como de andar por casa, pero tenía mejor aspecto que en el encuentro anterior. Llevaba en las manos un libro.

—Vengo a devolver esta novela —dijo—. Es la última que me recomendó tu padre. He tardado mucho en leerla porque me resultaba algo opresiva. En realidad, no he podido terminarla.

Dicho esto, se acercó a la librería para introducirla en el territorio alfabético que le correspondía, pero Carlos volvió a sacarla y ojeó su portada.

—*El diario de Edith* —leyó en voz alta.

—¿Has leído a Patricia Highsmith? —preguntó Amelia.

—En realidad, no. Yo no leo.

—Es una autora de novelas policíacas. Está muy bien, pero *El diario de Edith* resulta asfixiante y ahora no estoy para lecturas asfixiantes.

Carlos devolvió el libro a su sitio y le ofreció un café, aunque ella prefirió un vaso de agua.

—Duermo fatal —dijo tomando asiento en una esquina del sofá.

El joven regresó de la cocina con dos vasos de agua y ocupó el sillón desde el que su padre veía la televisión.

—Tu padre me recomendaba a veces lecturas que me ponían mal. Me gustaban y me ponían mal, todo a la vez. Ahora ya no necesito que nadie me ponga mal. Estoy mal sin necesidad de ayuda.

—Ya —dijo Carlos en tono comprensivo.

—Gracias por el vaso de agua. —Amelia inició el gesto de incorporarse, aunque no llegó a hacerlo—. Me llevaría otra novela, pero no sé cuál.

Carlos dudó si contarle la versión fantástica según la cual la niña había muerto cuando su padre atravesó con un alfiler el cuerpo de una mariposa que aún continuaba en su despacho. No lo hizo porque en el fondo le pareció posible.

—¿Mi padre habría sabido recomendarte una novela que te gustara en esta situación que te ha tocado vivir? —preguntó en cambio.

—Bueno, quizá no sea una cuestión de gusto o de disgusto. A lo mejor la lectura no se puede reducir al gusto. Tampoco la vida.

—¿Entonces?

—Tu padre decía que él leía por responsabilidad. Me seduce como idea, pero la verdad es que
no veo el modo de llevarla a la práctica.

—Él no fue muy responsable conmigo.

Siete

Después de que Amelia abandonara el piso, Carlos deambuló por sus habitaciones dándole vueltas a la idea de «leer por responsabilidad». No entendía la frase, pero había dentro de ella algo sugestivo. Su padre le había dejado una biblioteca. Podría venderla, como le sugirió en algún momento su madre, para ganar espacio, además de algún dinero. Pero quizá se trataba de un legado que comportaba obligaciones.

La lectura como responsabilidad.

En estas, se asomó al dormitorio y vio el libro de cuentos de los hermanos Grimm sobre la mesilla. La escena final de *La Cenicienta*, en la que las palomas sacan los ojos a las hermanastras, le había sacudido especialmente por su crueldad. Ambas habían quedado, por otra parte, cojas. Cojas y ciegas, mientras que de la madrastra y del padre no se decía nada. Quizá ahora se dedicaban al cuidado de las hijas tullidas mientras Cenicienta se daba la gran vida en palacio. No estaba seguro de que Cenicienta le cayera tan bien como al principio o como se supone que venía cayendo desde tiempos inmemoriales a los lectores del relato. Pero un cuento, pensó para no complicarse la existencia más de lo que se le empezaba a enredar, no puede resolver todos los cabos sueltos. Tampoco en la vida se resuelven y la suya era un ejemplo de ello: de muchos cabos sueltos. En el relato faltaban cosas y, sin embargo, estaba extrañamente completo.

El libro de los Grimm le reclamaba con la fuerza de una droga. No lo había vuelto a abrir debido a esa calidad de estupefaciente que le provocaba cantidades idénticas de atracción y rechazo. Pero tal vez tenía el deber de hacerlo. Era sin duda el último libro que había leído o releído su padre.

Sentado en el borde de la cama, lo tomó entre las manos como el que toma un ser vivo en vez de un objeto inerte. Parecía palpitar. Más que eso: parecía tener fiebre.

Un libro con fiebre.

Tras tumbarse sobre el lecho como si el que tuviera fiebre fuera él (y en cierto modo era así), la cabeza apoyada sobre la almohada doblada y las piernas encogidas, abrió el libro (o dejó que el libro se abriera) por cualquier página y tropezó con el cuento de *Hansel y Gretel*. Al poco de comenzar su lectura, se produjo, con más violencia si cabe, el desdoblamiento experimentado con *La Cenicienta*, y una parte de él se vio arrastrada a la cabaña de un bosque en la que vivían un leñador y su mujer con sus dos hijos, Hansel y Gretel. En el ambiente, que olía a humo frío, como de un fuego apagado hacía tiempo, se respiraba una pobreza atroz.

Por la noche, cuando los niños dormían, el matrimonio se preguntaba qué iba a ser de ellos y de sus hijos, pues la comida que lograban obtener apenas daba para alimentar a dos de los cuatro miembros de la familia.

En esto intervino la esposa, que propuso al marido abandonar a los niños en la zona más espesa del bosque.

—Les encenderemos un fuego —continuó—, les daremos un trozo de pan a cada uno y nos iremos a trabajar. Serán incapaces de encontrar el camino a casa y así nos desprenderemos de ellos.

El marido se resistió alegando que las alimañas del bosque los devorarían.

Hablaban en voz baja, alrededor de una mesa a la que estaba sentado el matrimonio, pero también el fantasma de Carlos, que intentó en varias ocasiones hacerse notar de algún modo, porque le parecía increíble que no lo vieran como se veía a sí mismo y como veía a los personajes del relato. Hansel y Gretel dormían juntos, sobre un jergón tendido en un rincón de la cabaña, abrazados y encogidos para combatir el frío que se colaba por las rendijas de las paredes y que provenía del suelo, que era de tierra.

La mujer tachó de estúpido a su marido.

—O nos desprendemos de ellos —dijo— o moriremos los cuatro de hambre. Ya puedes ir preparando las tablas para los ataúdes.

El padre, que tenía buen corazón, se negó en principio a aceptar el plan de la esposa, pero ella insistió tanto y tanto que al fin, débil como era, cedió no sin señalar que le dolía mucho sacrificar a sus hijos.

Los niños, que no conciliaban el sueño debido al hambre y al frío, habían escuchado la conversación y estaban muy asustados, sobre todo Gretel, la pequeña, que no lograba contener las lágrimas.

—No te preocupes, Gretel —le susurró Hansel, que era, pese a su edad, un crío muy resuelto y audaz.

Esa noche, cuando los padres se durmieron, Hansel se levantó, se puso la chaqueta sobre la camisola que usaba de pijama y abandonó la cabaña seguido del fantasma de Carlos. Era una noche de luna llena, y los cantos rodados que había delante de la casa brillaban como pedazos de plata. Hansel llenó los bolsillos de la chaqueta y regresó sigilosamente al interior cerrando la puerta antes de que entrara Carlos, que la atravesó como un espíritu.

—Duérmete tranquila —le dijo a su hermana mientras se tumbaba junto a ella en el jergón.

Al día siguiente, antes de que amaneciera, la mujer despertó a los niños a gritos, calificándolos de vagos.

—¡Venga! Vamos al bosque a recoger leña.

Carlos asistió con preocupación a la escena, pues lejos de dormir —o de imitar el sueño, que era cuanto podía hacer en su calidad de fantasma—, había permanecido toda la noche sentado a la mesa de la estancia dándole vueltas a la difícil situación. En cierto modo, él se encontraba también perdido, abandonado, en un mundo cuyas reglas solo conocían y controlaban las personas mayores, que por lo general eran poco compasivas.

La mujer, entre tanto, había dado a cada uno de los niños un trozo de pan duro con moho en los bordes, al tiempo que les decía:

—No os lo comáis antes del mediodía, pues es todo el alimento de que dispondréis hoy.

Gretel guardó su pan y el de su hermano debajo del delantal, porque Hansel tenía los bolsillos llenos de las piedras recogidas durante la noche. Luego se dirigieron los cuatro, seguidos por Carlos, a lo más profundo del bosque, allá donde la espesura de las ramas de los árboles era tal que la luz del sol apenas llegaba al suelo. Mientras caminaban, Hansel se detenía de vez en cuando y se volvía a mirar en la dirección de la casa.

—¡Deja ya de pararte! —le apremiaba el padre—. ¡No te quedes atrás!

—Estoy mirando a mi gato, que me dice adiós desde el tejado —respondía el niño.

—¡Ese no es tu gato, idiota! —exclamaba la madre—. Es la luz del sol que se refleja en la chimenea.

Lo que en realidad hacía Hansel era arrojar en el camino las piedras que llevaba en el bolsillo y que brillaban como monedas en contraste con la oscuridad reinante.

Cuando llegaron a lo más hondo del bosque, el padre pidió a los niños que recogieran leña.

—Os haré una hoguera —añadió— para que no os muráis de frío.

Hansel y Gretel reunieron unas cuantas ramas secas y las amontonaron donde el padre les había indicado. Cuando el fuego creció, dijo la mujer:

—Sentaos aquí, junto a las llamas, y estad tranquilos mientras vuestro padre y yo vamos a partir leña. Luego volveremos a recogeros.

Carlos dudó si seguir a los padres o quedarse con los niños. Sintió un miedo parecido al de cuando era pequeño y su madre, tras dejarlo en la cama, apagaba la luz y se iba de la habitación. Le dio un poco de vergüenza la reedición de aquel miedo, pues era ahora un hombre de dieciocho años. Un fantasma de dieciocho años, para ser exactos. Podía, por tanto, moverse por el interior del cuento a su antojo.

En esto, ante uno de los escasos rayos de luz que se colaban en la espesura, pasó una mariposa blanca, como la disecada en el corcho del despacho de su padre.

Macarena, pensó, mi hermana. Si en efecto aquella mariposa era el fantasma de su hermanastra muerta, ella y él no se encontrarían en una situación muy distinta a la vivida por Hansel y Gretel. Después de todo, su padre lo había abandonado siendo muy pequeño y más tarde había asesinado a su otra hija.

Todos estos pensamientos lo llenaban de rencor, pero también de una congoja que acentuaba el miedo. Aun así, decidió seguir junto a Hansel y Gretel para ver el modo de ayudarlos.

Los niños permanecieron hasta el mediodía sentados junto al fuego, que se iba consumiendo. Entonces, Gretel sacó los trozos de pan duro y mohoso guardados debajo del delantal y se los comieron al calor de las ascuas. Pese al tiempo transcurrido, todavía escuchaban el ruido de un hacha al golpear contra los troncos, por lo que pensaban que su padre se hallaba cerca y no se atrevían a moverse. Pero no se trataba de un hacha, sino de una rama que su progenitor había atado a un árbol seco de tal forma que el viento la movía provocando aquel efecto sonoro.

Agotados por la quietud y por los nervios, aunque reconfortados por el calor de las brasas, se quedaron poco a poco dormidos mientras el fantasma de Carlos los contemplaba sin saber qué hacer, pues le daba miedo levantarse y deambular por los alrededores del bosque amenazante de cuyo interior surgían alaridos que provenían de las gargantas de animales terribles que en cualquier momento devorarían a los niños.

Entonces sucedió algo extraordinario, y fue que al Carlos tumbado sobre la cama del dormitorio de su padre, con el libro de los hermanos

Grimm entre las manos, y quizá contagiado por Hansel y Gretel, le entró sueño también, de modo que, tras apoyar el libro abierto en el regazo, cerró los ojos y se dejó ir. Su fantasma, en cambio, siguió despierto y bien despierto en el interior del bosque. La disociación entre el que leía el cuento y el que lo vivía no había cesado pese al abandono del primero.

El fantasma de Carlos observó a los pobres niños y se observó a sí mismo. La mariposa, por su parte, continuaba revoloteando por los alrededores, rozando a veces la cabeza del joven y posándose en las cercanías.

—Te has equivocado, Macarena —dijo Carlos dirigiéndose al insecto—, en esta parte del bosque no hay flores de las que libar. Aquí todo son sombras y peligros, a menos que seas, como yo, un fantasma invisible para quienes lo habitan.

La mariposa no dio muestras de escucharlo, aunque tampoco de no hacerlo. En un par de ocasiones se posó sobre la cabeza de Gretel y allí, quieta, abrió y cerró las alas como en una ceremonia cuyo significado, si lo tenía, era un misterio.

Algo se movió a la derecha de Carlos, que al volver la vista hacia el lugar vio salir de la espesura a un hombre que avanzó con gesto de sorpresa hacia él, pues resultaba evidente que ambos se veían, lo que significaba quizá que los dos eran presencias fantasmales en el interior del mismo cuento.

Tanto el joven como el hombre maduro se reconocieron enseguida, pues se parecían enormemente. Además, los dos iban vestidos de forma semejante, ya que Carlos se había habituado a usar las ropas de su progenitor, con las que se sentía muy cómodo.

—Hola —dijo el padre, turbado por la situación.

Carlos, que no sabía si llamarlo papá o padre, se limitó a responder:

—Hola.

El fantasma del padre se sentó sobre una de las piedras que había alrededor del fuego, del que ya solo quedaban las cenizas, entre las que relucían aquí y allá, como rubíes, ascuas diminutas que al poco se apagaban.

Tras unos instantes de difícil silencio, preguntó:

—¿Qué haces en este cuento, hijo?

—Estaba leyéndolo y me he caído en él.

El padre calló de nuevo y echó un vistazo a Hansel y Gretel, que continuaban dormidos, apoyados el uno en el otro.

—¿Y dónde lo encontraste? ¿Dónde encontraste el libro en el que venía este cuento?

—En la mesilla de noche de tu dormitorio, en el que ahora duermo yo.

El padre se entregó entonces a un llanto explosivo, como si llevara reprimiéndolo años, quizá toda la vida.

—¿Qué hacemos aquí? —preguntó cuando logró calmarse.

—Ya te lo he dicho —respondió Carlos conteniendo sus propias emociones—. Me tumbé en tu cama, abrí el libro, comencé su lectura y una parte de mí se precipitó dentro. La otra parte se ha quedado dormida dejándome aquí, abandonado, junto a estos pobres niños. ¿Y tú? ¿Qué haces tú aquí?

—No lo sé. Me maté en un accidente de moto y desperté dentro de este libro en forma de fantasma. He recorrido ya varios de los cuentos en busca de una salida, en busca de algo que no sé siquiera lo que es. Este era el libro que estaba releyendo cuando me maté, por eso se encontraba en la mesilla de noche.

—¿Por qué este libro entre todos los de tu biblioteca?

—No lo sé. Estos cuentos tan crueles esconden un misterio. Los leí mil veces intentando desentrañarlo, pero se resistía y resistía a ser descifrado. Y ahora, desde la muerte, tampoco lo logro. Fíjate en estos dos pobres niños, Hansel y Gretel, abandonados por sus padres en medio del bosque. Parece carecer de sentido, pero debe de tenerlo por oculto que esté. En caso contrario, no se entendería su éxito a lo largo del tiempo.

Carlos observó durante unos instantes a Hansel y a Gretel. Luego dijo:

—Los cuentos de niños abandonados gustan mucho.

El padre calló, alcanzado sin duda por la alusión del hijo a su propio abandono.

—Bueno —declaró levantándose—, yo te dejo, que tengo que seguir buscando una salida a mi situación.

—No es la primera vez que me dejas. He podido vivir con ello.

El padre fingió no oír este comentario y se internó en la espesura del bosque. Hansel abrió entonces los ojos y despertó a su hermana. Las horas habían pasado y era de noche ya y los ruidos procedentes del interior de la arboleda resultaban más amenazantes que a la luz del día. Gretel comenzó a llorar.

—Nunca saldremos de aquí —dijo.

—Cuando salga la luna —la consoló Hansel— iluminaré el camino.

Al poco, en efecto, apareció la luna pálida y los dos niños, cogidos de la mano, siguieron el rastro de las piedrecillas, que brillaban de nuevo como trozos de plata. Carlos fue tras de ellos con el corazón encogido todavía por la conversación que había mantenido con el fantasma de su padre. Sin abandonar el relato, se asomó a la realidad y vio que, en la otra zona de su existencia, continuaba dormido sobre la cama del padre con el libro abierto sobre el vientre. Quiso salir del cuento y volver a la vida, pero no le resultó posible.

Parecía condenado a aquel desdoblamiento.

Los niños tardaron toda la noche en alcanzar la casa de los padres. Les abrió la puerta la madre, que, al verlos, les reprochó que se hubieran extraviado.

—¡Pensábamos que no queríais volver! —exclamó como si su ausencia la hubiera preocupado.

El padre, en cambio, se alegró, pues había tenido remordimientos de conciencia por abandonarlos.

Entonces, el Carlos real se despertó, levantó el libro, se asomó a él y contempló con pena su versión fantasma. Sabía de algún modo de su encuentro frustrante con el padre y del miedo pasado en el bosque lleno de alimañas.

Como si se hubieran puesto de acuerdo previamente, ambos hicieron un esfuerzo y el fantasma logró salir del cuento e incorporarse al cuerpo de carne y sangre del joven. Carlos se preguntó qué pasaría si un día, al intentar reunir esas dos partes de sí, fuera la de la realidad la que cayera del lado del cuento, y no al revés, y se quedara atrapado en el libro hallado sobre la mesilla de noche de su padre.

A todo esto, mientras en el cuento habían transcurrido tantas horas, en la vida real apenas había pasado un rato desde la visita de Amelia. Carlos miró el reloj y comprobó que quedaba mucha tarde por delante. En la vida, el tiempo discurría despacio. Bajó a la calle para caminar un poco y allí se acentuó la sensación de vivir encerrado en un relato en el que las vías de escape eran tan escasas como las de un cuento. Y aunque su presencia era real, se movía entre la gente y los coches con el sentimiento fantasmal con el que se había movido por el interior de *Hansel y Gretel*.

Se reprochaba haber dejado escapar a su padre. Debería haberle preguntado por Macarena y por la mariposa disecada. Y debería haberle dejado claro el odio que le profesaba.

Tomó el metro sin ninguna intención consciente, solo porque le salió una boca al paso y le pareció bien llevar a la literalidad el deseo simbólico de que se lo tragara la tierra. El subterráneo, por otra parte, pertenecía a una dimensión quimérica, o eso pensó desde la nueva perspectiva que la lectura de los cuentos le estaba proporcionando sobre la vida. Gente agrupada en paquetes del tamaño de un vagón que se movía por debajo de la ciudad, por debajo de la realidad, por debajo del mundo, como los peces abisales por el fondo del mar. Observó al resto de los viajeros, los miró a los ojos y se vio a sí mismo en la mirada extraviada de los otros.

¿Adónde iban?

Él llegó, sin premeditación alguna, a la casa de su madre. Imaginó que le contaba que se había encontrado con su padre en el interior de un cuento y desechó la idea con una sonrisa. Como conservaba las llaves del piso, entró sin llamar, procurando no hacer ruido. Había un pasillo con la luz apagada al final del cual, donde estaba el salón, se percibían los movimientos casi acuáticos provocados por los cambios luminosos de la pantalla encendida del televisor. Avanzó hacia aquellas formas oscilantes de fluorescencia y sorprendió en el sofá a su madre y a su novio, que veían una película y se sobresaltaron ante la aparición inesperada de Carlos.

Tras reprocharle que no hubiera llamado al timbre o que no hubiera avisado, apagaron el televisor y se sentaron los tres alrededor de la mesita baja de café, intentando hilar una conversación que no fluía. Carlos se sintió extraño en ese mundo, rodeado de aquellos muebles que llevaban siendo los mismos desde que tenía memoria. No cambiaban, como no cambiaban las ilustraciones de los cuentos infantiles. Por más veces que los abrieses, siempre aparecían las mismas figuras observadas desde los mismos ángulos. Advirtió, de otro lado, que su presencia molestaba, pues su madre había recompuesto ya la geometría de su vida, rota con su marcha, pese a que se esforzaba en transmitir a Carlos la idea de que aquella todavía era su casa.

Con la excusa de recuperar o de consultar algo, se dirigió a su antiguo dormitorio y también se sintió extrañado de él. Como la habitación apenas tenía cambios, Carlos supuso que los cambios se habían producido en él, e imaginó la vida como una sucesión de destierros de uno mismo: el bebé es abandonado por el niño; el niño, por el adolescente; el adolescente, por el joven, y así de forma sucesiva hasta que el viejo es abandonado por el muerto. Le resultó curioso que la identidad permaneciera a través de todas aquellas transformaciones.

Pero ¿permanecía?

Al despedirse, su madre lo acompañó hasta la puerta, donde le dijo:

—Te noto raro, hijo.

Ocho

Carlos se hallaba sobre la cama de su padre, que ahora era la suya. Había retomado el libro de los hermanos Grimm, lo había abierto y se había dividido en dos, uno de los cuales se había precipitado al interior del cuento.

Hansel y Gretel habían regresado a la cabaña de sus padres para alivio del padre e irritación de la madre. Pero no tardaron en aparecer de nuevo las necesidades.

—Ya estamos otra vez sin comida —le decía la madre al padre, creyendo que los niños dormían—. Cuando demos cuenta del pedazo de pan que nos queda, moriremos todos de hambre. Tenemos que deshacernos de los niños.

—¿Cómo? —escuchó la versión fantasma de Carlos.

—Los abandonaremos en una parte aún más profunda del bosque, allí de donde no puedan regresar.

El fantasma de Carlos notó que el padre sentía una gran pena, pues prefería repartir con los niños el pedazo de pan que les quedaba. La mujer insistía e insistía, tachándole de blando hasta que obtuvo su complicidad. Hansel esperó a que se durmieran y se levantó con la idea de salir de la cabaña para recoger otro montón de piedras. Pero la mujer había cerrado la puerta de tal modo que le resultó imposible abrirla.

—No te preocupes —le dijo a Gretel, que lloraba en silencio, encogida sobre el jergón—, encontraremos la forma de volver.

Al amanecer, despertaron a los niños, a quienes la madre entregó dos pedazos insignificantes de pan. Hansel fue desmigando el suyo a lo largo del camino sin escuchar las advertencias del fantasma de Carlos, que trataba de avisarle de que se lo comerían los pájaros.

El padre le preguntaba por qué se detenía todo el rato mirando hacia atrás.

—Me despido de mi paloma, que me dice adiós desde el tejado —respondía el niño.

—¡Idiota! —dijo la mujer—. No es tu paloma, es el reflejo del sol en la chimenea.

Llegaron a un claro de la zona más profunda del bosque, en la que no habían estado nunca y en la que la vegetación era tan espesa que apenas se podía caminar sin arañarse las piernas con las ramas de los helechos y las zarzas, entre las que Hansel, ingenuamente, seguía dejando caer las migas de pan, cada vez más pequeñas, del mendrugo que le había dado su madre.

Hicieron un fuego, como en la ocasión anterior, y la madre les ordenó que permanecieran allí sentados y quietos mientras ellos iban a buscar leña.

—Si os entra sueño, podéis dormir —añadió—. Volveremos cuando terminemos de trabajar.

Cuando el sol que se filtraba por las ramas de los árboles llegó a su cénit, los niños se repartieron el mendrugo de Gretel. Luego se durmieron y llegó la tarde y el sol comenzó a declinar sin que nadie fuera a por ellos. Al despertar, ya era noche cerrada y los aullidos procedentes de las alimañas que vivían en aquella espesura asustaron a la niña.

—No te preocupes —le dijo Hansel—, espera a que la luna esté más alta para que alumbre las migas de pan que nos mostrarán el camino de vuelta.

Sin embargo, tal como había previsto el fantasma de Carlos, no hallaron una sola miga de pan, pues los pájaros y demás animales del bosque habían dado cuenta de ellas.

—¡Encontraremos el camino! —exclamó voluntarioso Hansel, tratando de animar a su hermana.

Toda la noche y toda la mañana siguiente dieron vueltas perdidos por el bosque. A veces pasaban por lugares en los que los helechos ya estaban pisados, como si en ese deambular errático atravesaran los mismos parajes, aunque les parecieran siempre extraños.

Al llegar la tarde, estaban tan agotados y hambrientos que lograron contagiar su malestar al propio fantasma de Carlos, que no se separaba de ellos. El Carlos real sintió un hambre voraz, por lo que abandonó el libro abierto boca abajo sobre la cama y se dirigió a la cocina. El desdoblamiento entre los dos Carlos no cesó. Mientras el Carlos real tomaba unos pistachos de las abundantes reservas que había dejado el padre muerto, el Carlos fantasma siguió junto a los niños. Y los dos Carlos continuaban en contacto como las dos partes de un mismo cerebro.

Hansel y Gretel se habían quedado dormidos bajo la protección de un viejo árbol con formas grotescamente humanas. Llevaban ya dos días perdidos en el bosque sin que ninguna alimaña, por puro milagro, los hubiera atacado. Tras un sueño intranquilo, abrieron sus ojos febriles a la penumbra húmeda y, poseídos de la extraña lucidez que proporciona el ayuno prolongado, se internaron por un sendero nuevo que conducía a zonas aún más recónditas del bosque. Quizá dieron por hecho que iban a morir y preferían hacerlo alejados del mundo que tan mal los había tratado.

Al mediodía les llamó la atención el canto de un pájaro blanco como la sal que se dirigió a ellos desde la rama de un árbol. Los niños, hipnotizados, se detuvieron a escucharlo y, luego, cuando el pájaro voló, lo siguieron y de este modo el ave los condujo a un paraje en el que había una casa pequeña pero hermosa cuyas paredes, cuando se acercaron, resultaron estar hechas de pan recubierto de pastel. Los marcos de las ventanas, por su parte, eran de azúcar y los cristales, de caramelo.

Parece una alucinación, pensó el Carlos fantasma.

El Carlos real, entre tanto, había regresado al dormitorio y había tomado otra vez el libro entre sus manos.

—Ya estoy aquí —le dijo al Carlos fantasma.

—Ya te veo —fue la respuesta.

El Carlos fantasma no podía degustar los sabores dulces de la casita, pero logró transmitírselos de algún modo al Carlos real, que los recibió con gusto como complemento al bol de pistachos que se había tomado en la cocina. Enseguida, debido al empacho provocado por la mezcla de sabores, volvieron a cerrársele los ojos y, aunque se resistió un poco, acabó entregándose de nuevo al sueño.

El Carlos fantasma intentó regresar al cuerpo del Carlos real, que dormía plácidamente, pero no le fue posible. Parecía atrapado en la trama de la que eran víctimas los dos hermanos, que habían empezado a comerse a bocados las distintas partes de la casa.

En esto, el Carlos fantasma oyó cantar al pájaro del cuento detrás de sí, y al volverse vio otra vez a su padre, que avanzaba hacia él desde la espesura del bosque. Tras saludarse ambos de un modo más bien frío, el padre dio muestras de desorientación.

—No sé cómo he llegado hasta aquí —dijo.

—Si das muchas vueltas por el cuento, es aquí adonde se llega tarde o temprano —respondió el hijo.

—Lo sé, conozco esta historia como la palma de mi mano, pero esperaba encontrar un camino para abandonarla.

Entonces salió una voz de la casita:

—¿Quién se come mi casita? —dijo.

—Es el viento —contestaron los niños, y siguieron dando cuenta de los manjares que les ofrecía aquella rara construcción.

Al rato, se abrió la puerta de la casa y apareció una anciana que se ayudaba para caminar de una vieja muleta.

Hansel y Gretel, que en ese momento devoraban un trozo del tejado, se quedaron paralizados por el susto. La mujer se acercó a ellos y les preguntó cómo habían llegado hasta allí.

—Nos trajo el pájaro blanco —se excusó Hansel.

—No importa —dijo la anciana—. Podéis quedaros. Aquí estaréis seguros.

Los hermanos entraron en la casita seguidos de Carlos y su padre. Mientras la anciana atiborraba a los niños de comida y dulces, el padre y el hijo se sentaron en un rincón de la estancia, primero en silencio, pues a los dos les costaba iniciar una conversación, hasta que por fin el hijo logró decir algo:

—Es una lástima que no podamos advertirlos del peligro que corren. Formamos parte de su vida, pero ni nos ven ni nos oyen ni los podemos tocar. La condición de fantasma no es tan buena como se piensa en la vida real.

—Tampoco en la vida real es fácil actuar sobre el curso de la historia —respondió el padre—. Ves a la humanidad caminando hacia el desastre y no puedes hacer nada porque ni te ven ni te escuchan. Yo mismo, el día del accidente, sabía que iba a matarme con la moto.

—¿Fue un suicidio? —preguntó Carlos.

—No, no es que tuviera la intención de matarme, pero una parte de mí sabía lo que iba a ocurrir. Ya al poner la moto en marcha, se nubló el día unos segundos, solo unos segundos. Miré arriba y el cielo estaba completamente despejado, completamente azul, de modo que la nube que había cubierto al sol no estaba fuera, sino dentro de mí. Era un aviso. Una vez sobre la máquina, tuve la revelación de que de aquella calle que quedaba a mi derecha saldría un coche enfurecido, como un jabalí del bosque, y me embestiría sin remedio. No me preguntes cómo lo supe, pero lo supe y no fui capaz de evitarlo, quizá no quise evitarlo. Estos niños —añadió señalando a Hansel y a Gretel— saben en el fondo de sus corazones que esta mujer es una bruja, pero ahí los tienes, cegados por los dulces.

Padre e hijo miraron con pesar a los niños y callaron.

—Te mataste —dijo al fin el hijo— al día siguiente de escribir una historia muy rara en un cuaderno que descubrí sobre tu mesa de trabajo.

—Tuve la debilidad de dejarlo allí, a la vista —confesó el padre—. Debería haberlo destruido.

—Pero ¿es cierto lo que contabas?

—Es cierto que Amelia, mi vecina, era mi amante, y que Macarena, la niña, era hija mía. También es cierto que la niña me contó que tenía la rara facultad de desdoblarse en mariposa. Es verdad que aquella noche yo cacé en mi terraza una mariposa. Es verdad que la atravesé con un alfiler y que la clavé en el corcho de mi despacho. Es verdad que al poco Macarena empezó a quejarse de un dolor muy fuerte en el pecho y que murió como la mariposa de mi corcho, quizá al mismo tiempo.

—Pero no puede ser verdad —interrumpió el hijo— que aquella mariposa fuese la niña, ni que tú mataras a tu hija al matar a la mariposa.

—Desde un punto de vista racional —dijo el padre—, no, pero fíjate en las atrocidades que ocurren en los cuentos, que son, lo quieras o no, representaciones de la vida.

—Un conjunto de casualidades —insistió el hijo.

—Las casualidades forman a veces tejidos sospechosamente perfectos.

—No sé.

—Yo tampoco sé, pero ¿quieres que te enumere la cantidad de casualidades que tuvieron que darse para que tú nacieras? Para que nazca cualquier persona han de producirse coincidencias asombrosas y el mundo, sin embargo, está lleno de personas. La realidad es el resultado de la casualidad.

—Lo que me parece increíble —señaló Carlos— es que, estando el mundo lleno de personas reales, cada una con su historia a cuestas, tengamos necesidad de personas irreales como la Cenicienta o como estos dos pobres niños, Hansel y Gretel.

—Bueno —dudó el padre—, ellos son reales en una dimensión; nosotros, en otra, y las dos realidades compiten en crueldad.

—No se me va de la cabeza —apuntó Carlos— la imagen de las palomas sacando los ojos a las hermanastras de Cenicienta.

—¿A cuántas personas no habrías sacado tú mismo los ojos de haber podido hacerlo? Otra cosa es que seas capaz de reconocerlo.

Carlos pensó un momento. Enseguida dijo:

—Soy capaz: te los habría sacado a ti.

El padre sonrió con resignación. Luego añadió:

—Cuando estaba vivo, sabía más cosas que ahora. Ahora no estoy seguro de ninguna.

Los dos pasaron la noche cerca de los niños, velándolos. Al amanecer, apareció la bruja, que los observó con expresión de glotonería mientras decía en voz alta:

—¡Menudo banquete me espera!

85

A continuación, despertó a Hansel y se lo llevó a un establo cuya puerta cerró para que el niño no pudiera abrirla. Luego fue a por Gretel y la obligó a traer agua y a preparar la comida de su hermano.

—Cuando engorde —dijo—, me lo comeré.

Carlos y su padre intentaron acelerar el tiempo para llegar cuanto antes al final del relato, pero el tiempo se resistía a ser doblegado, de modo que tuvieron que pasar por cada uno de los episodios de la vida de los dos niños sin conseguir saltarse los más crueles. Así, vieron cómo la niña preparaba una y otra vez la comida de su hermano y cómo Hansel, cada vez que la bruja se empeñaba en palparle un dedo para ver cuánto había engordado, le colocaba en la mano un huesecillo que había hallado en el establo. La bruja, que estaba medio ciega, no se daba cuenta del engaño y se enfadaba por aquella falta de progreso.

Tras pasar cuatro semanas, decidió trocearlo y comérselo de todos modos.

—Si nos hubieran devorado las bestias del bosque, por lo menos habríamos muerto juntos —se lamentaba Gretel.

En el fondo del establo, el niño se retorcía de desesperación sin que ni Carlos ni su padre lograran comunicarse con él para transmitirle que al final todo se arreglaría.

Y en efecto, la niña consiguió arrojar a la bruja al horno en el que la vieja estaba preparando el pan para el banquete, donde ardió entre gritos que estremecieron más a Carlos y a su padre que a los protagonistas del cuento, agobiados por su propia supervivencia.

Desaparecida la bruja, tomaron las joyas y las piedras preciosas que encontraron en los cajones de la casa y huyeron con ellas. Esta vez, tras diversas peripecias, dieron con el camino a casa, donde su padre los recibió con gran alegría. Por fortuna para ellos, la madre había fallecido.

—Ya son felices —dijo el padre fantasma al fantasma de su hijo.

—Pero ha tenido que morir la madre —respondió Carlos un poco perplejo.

El padre notó que el hijo le pedía una explicación, como si él fuera el autor del cuento.

—No sé qué decirte —murmuró—. No sé por qué pasan las cosas.

—¿Sabes al menos por qué me abandonaste a mí?

—Porque me daba miedo amarte.

En ese momento, el Carlos real se despertó y el Carlos fantasma se unió a él tras salir de las páginas del libro.

II

Uno

Transcurrido el verano, Carlos comenzó a dudar acerca de su decisión académica. Aquel conjunto de palabras, «Administración y Dirección de Empresas», tan seductor al principio, había ido perdiendo brillo a lo largo de las vacaciones. Empezaba a intuir que la elección no había sido tanto fruto de su voluntad como de la influencia del novio de su madre, que trabajaba en el departamento de gestión de riesgos de un banco. Fue de él de quien escuchó por primera vez ese concepto, «gestión de riesgos», que le había cautivado, quizá porque de su literalidad se desprendía que los peligros de la vida eran manejables. Había aprendido que no, o que no en gran medida. Por ello, aunque ya estaba matriculado, dudaba si acudir o no a las clases cuando se iniciara el curso en octubre. De momento, decidió buscar alguna ocupación remunerada, pues el dinero heredado de su padre menguaba a mayor velocidad de la que había imaginado.

A veces, al ir de un lado a otro de la ciudad para realizar entrevistas de trabajo, levantaba la vista al cielo o a las nubes preguntándose si habría allí arriba un lector siguiendo su historia con el interés con el que él seguía la de los personajes de los hermanos Grimm. Había entrado en algunos relatos más, en busca de su padre, pero en ninguno de ellos se lo había vuelto a encontrar. Quizá no era fácil coincidir en el mismo cuento, como no era fácil coincidir en la vida. O quizá su progenitor le huía.

Justo cuando pensaba esto en medio del ajetreo de la tarde en la Gran Vía, fue a tropezarse con Amelia, su vecina, o su madrastra, según se mirase, la amante de su padre, en fin, la madre de su hermana Macarena, la madre de una mariposa. Se habían visto de forma irregular antes de que ella se fuera de vacaciones y, según comprobaba ahora Carlos, había regresado con excelente aspecto. Vestía una bata blanca muy liviana, como de enfermera o médica. Carlos se sorprendió, pues no se había preguntado en qué trabajaba. Ella respondió a su muda pregunta:

—Ya he pedido el alta. Trabajo en la farmacia de mi madre, aquí al lado, aquella grande, la de la esquina. He salido un momento para tomar café. Pero iba, precisamente, pensando en ti.

El joven, halagado por la declaración, dijo:

—No sabía que habías vuelto de las vacaciones. No he oído ningún ruido.

—¿Escuchas los ruidos de mi casa?

—Sí... No. —Se sonrojó.

—Dudaba si pasar por la tuya —continuó Amelia— por miedo a molestarte, pero necesitaría coger alguna novela. Estoy seca de lecturas.

—Pasa cuando quieras —respondió Carlos—. Todos los libros de mi padre están a tu disposición.

—Quizá luego. Termino mi turno a las seis, si vas a estar.

—Estaré.

—¿Adónde ibas ahora?

—A una entrevista de trabajo.

—¿No tienes tiempo de tomar un café?

—No, llego tarde.

—¿Un trabajo de gestión de riesgos? —ironizó Amelia abriendo mucho los ojos.

—Eso espero —sonrió él.

—Pues que te vaya muy bien.

—Gracias.

Se encontraban en medio de la acera, dificultando, sin darse cuenta, el paso del resto de los viandantes que entraban y salían de los numerosos establecimientos y que tenían que evitarlos para seguir su camino.

—Es que —continuó Amelia en el mismo tono, prolongando el encuentro cuando ya parecía que había terminado— me quedé con la expresión esa, «gestión de riesgos». Es muy buena porque reúne dos conceptos incompatibles. Los riesgos no se gestionan, se sufren.

—Quizá el sufrimiento sea un modo de gestión —se le ocurrió al joven.

—Si tú, que eres el experto, lo dices...

Carlos le explicó brevemente, con una sonrisa, que la gestión de riesgos consistía en evaluar los peligros de una inversión antes de decidir si acometerla o no.

—La practicamos todos en la vida diaria —añadió—. También tú calculas los beneficios o los perjuicios de hacer esto o lo otro antes de ponerte a ello. Lo hacemos sin darnos cuenta.

—Ya. —Amelia lo observaba como preguntándose qué había detrás de la apariencia de Carlos, si hubiere algo.

Él advirtió el peso de esa mirada y evaluó los riesgos de ofrecerle una respuesta, pero pudo más la timidez, o la prudencia, de modo que tras el intercambio de otras cuatro o cinco frases de cortesía se despidió de ella con la excusa de que llegaba tarde a su cita.

Luego, en casa, intentó volver al libro de los hermanos Grimm. Pero o bien el libro no se dejaba penetrar o bien él no lograba alcanzar el estado de concentración preciso para hacerlo. El encuentro con Amelia lo había alterado. No hacía otra cosa que reconstruir su rostro y, dentro de su rostro, su mirada enigmática, de cálculo, como si también ella hubiera evaluado los riesgos que comportaba aquella relación asimétrica, pero no podía ser así, pues la mujer ignoraba lo que Carlos sabía: que había sido amante de su padre, con el que además había tenido una hija, Macarena, a la que este padre había dado muerte atravesándola con un alfiler. Sonrió de un modo algo forzado frente a aquella mezcla de realidad y delirio. En los cuentos, pensó, lo extraordinario y lo ordinario se fundían como los materiales de una aleación en la que no es posible separar sus componentes originales.

En esto, llamaron a la puerta y Carlos deseó que fuera ella.

—Hola —saludó Amelia al otro lado—. Lo prometido es deuda. Como te dije, estoy seca de lecturas.

Carlos la invitó a pasar y le ofreció un café.

Ya sentados en el salón, y tras las tres o cuatro frases de conveniencia pronunciadas por las dos partes, el joven se dejó arrastrar por un impulso:

—Lo sé todo —dijo.

La mujer lo observó con gesto de sorpresa, deteniendo en el aire el recorrido de la taza, cuyos bordes estaban a punto de rozar sus labios.

—¿Qué es todo? —dijo.

—Que mi padre y tú erais amantes y que Macarena era hija de él.

Amelia dejó la taza sobre la mesa con expresión de espanto.

—¡No! —exclamó.

—No qué —dijo Carlos.

—¡No a todo, por Dios! Ni éramos amantes ni mi hija era suya. ¿De dónde has sacado eso?

Carlos enrojeció frente a la seguridad de la mujer, que enseguida añadió:

—Jamás hubo entre nosotros la mínima insinuación o acercamiento sentimental. Por eso mismo era un vínculo perfecto entre vecinos, porque nunca traspasamos las líneas de respeto que confunden las cosas.

Carlos se disculpó de forma atropellada. Luego, ante la demanda de Amelia, que insistía en saber qué le había llevado a imaginarse esa relación, le confesó:

—Lo leí en un cuaderno de mi padre.

—Si es verdad, enséñamelo —solicitó ella.

Carlos fue al despacho y regresó con el cuaderno, que tendió a la mujer.

Amelia leyó con asombro creciente las páginas. Después miró al joven y le preguntó:

—¿Existe esa mariposa?

—Está ahí, en el despacho de mi padre, clavada en el corcho de la pared, medio deshecha ya.

Amelia se levantó seguida por Carlos y entraron juntos en la habitación. La mariposa había perdido las antenas y parte de las alas, quizá devoradas por un insecto vivo, quizá por no haber sido tratadas. En cuanto al abdomen, completamente deshidratado por la sequedad ambiental, había comenzado también a fragmentarse.

La mujer se llevó la mano a la boca en un gesto de horror y luego se dio la vuelta y regresó al salón. Carlos fue tras ella.

—Lo siento —dijo el joven.

—No lo puedo entender. No puedo entender por qué escribió esas páginas tan siniestras.

—Mi madre ha dicho siempre que era un hombre turbio, supongo que por cuestiones como esta. Tal vez se imaginó una novela tomando aspectos de la realidad que mezcló con su fantasía. Ahí mismo dice que de joven quiso escribir una novela.

Amelia, trastornada, abandonó la vivienda enseguida sin llevarse libro alguno y Carlos regresó, confuso, al de los hermanos Grimm en la confianza de encontrar a su padre para aclarar con él las cosas de una vez.

Atravesó un par de cuentos muy cortos que no le llamaron la atención, como el que atraviesa en un viaje largo dos pueblos de tres o cuatro casas en los que no merece la pena detenerse. Luego entró en uno que trataba de un rey viudo y triste por el fallecimiento de su esposa. Su abatimiento era tal que cada quince días decidía quitarse la vida. Aunque como su pueblo lo necesitaba, o eso creía él, que era muy vanidoso, en vez de quitársela, ordenó que se realizara un sorteo quincenal entre todos los varones adultos del reino para que cada dos semanas se suicidara aquel al que le tocara el «premio». Ya se habían ahorcado dos campesinos y un herrero cuando le tocó el turno al panadero, al que Carlos se acercó para intentar disuadirlo. Pero también en este cuento era un fantasma incapaz de comunicarse con los personajes reales de la historia. Allí estaba, pues, en el interior de la tahona, observando, impotente, cómo el panadero sujetaba una soga a una de las vigas del techo, cuando se abrió la puerta y entró su padre.

—¡Papá! —exclamó.

Su padre le hizo un gesto de que aguardara, como si tuviera que hacer algo, y Carlos vio cómo el fantasma de su progenitor se introducía en el cuerpo del panadero e intentaba acoplar su cabeza de fantasma a la del hombre. Hecho esto, ordenó al panadero detener su acción. Luego se metió en el cuerpo del guardia encargado de verificar la muerte e hizo lo mismo que con el suicida: ocupó su cabeza y le dio la orden de decirle al rey que el panadero estaba muerto.

Cuando el guardia partió, el padre se dirigió al hijo:

—He descubierto el modo de influir sobre los personajes de los cuentos: me introduzco en sus cuerpos y al acoplar mi cabeza a la suya les hablo y oyen mi voz, que reciben como una orden.

—¿Y cómo puede ser eso?

—Tú y yo, aquí, hijo, somos formas de existencia no biológicas. No nos pueden detectar, pero podemos ocupar su mente, que es la parte de ellos menos ligada a la biología.

—Pero ellos tampoco existen, son personajes.

—Existen del mismo modo que existes tú en el mundo llamado real. ¿Crees que las personas poseen un grado de realidad superior al de estos personajes? Eso es un sueño, un delirio que cuanto antes deberías abandonar.

En su desconcierto, Carlos no encontró palabras capaces de producir una respuesta, de modo que prefirió volver al cuento:

—¿Y qué ocurrirá aquí cuando el rey descubra que siguen vivos todos los que él ordenó que se mataran?

—Vamos a verlo.

Mientras el panadero introducía en el horno la masa fermentada para hacer nuevos panes, padre e hijo avanzaron por el relato como se progresa por la existencia y fueron salvando la vida de los siguientes «agraciados» del sorteo quincenal. Cuando no deberían quedar apenas hombres vivos en el reino, el monarca decidió salir un día de su castillo para visitar el pueblo. Al ver que el herrero y el panadero y los numerosos campesinos que se habían suicidado seguían en activo, creyó que reinaba sobre un país de muertos y decidió quitarse la vida para continuar siendo en el más allá el rey de todos ellos. Los supuestos fallecidos acudieron con regocijo al entierro del único muerto real y el pueblo quedó liberado de la maldición y de la tiranía de aquel soberano.

Llegados a este punto, padre e hijo se sentaron el uno frente al otro sobre un par de piedras del campo de aquel reino, rodeados de cultivos de amapolas.

—¿Cómo terminaba la versión anterior de este relato? —preguntó Carlos.

—Ni me acuerdo. Tampoco me acuerdo de las vidas imaginarias que viví y que discurrieron paralelas a la oficial. Pero que fuera la oficial no significa que fuera la más intensa. Las vidas más intensas, toma nota de esto, hijo mío, son las extraoficiales.

—Me dijo Amelia —añadió el joven para huir de una conversación que le confundía— que ni fuisteis amantes ni eras el padre de Macarena.

—A eso me refería. Quizá no lo fui en la dimensión oficial, pero lo fui en otra u otras.

—¿Y la mariposa?

—La mariposa, en una de esas otras dimensiones, era la niña.

—Pues se está deshaciendo.

—¿Quién se está deshaciendo?

—La mariposa. No la disecaste bien.

El padre se echó a llorar.

—¿Y yo? —preguntó el hijo.

—¿Tú qué? —preguntó el padre fantasma enjugándose las lágrimas.

—¿A qué dimensión de tu vida pertenecí?

—Durante un tiempo, a la oficial. Luego, cuando dejé de verte, diste un salto raro a la imaginaria.

—¿Y lo imaginario es real?

—Claro, qué va a ser si no.

En ese instante, Carlos escuchó el sonido de un timbre que procedía de fuera del cuento y que le reclamaba con una extraña urgencia. Así fue arrebatado violentamente del relato y se halló en la cama del dormitorio de su padre. El timbre de la puerta volvió a sonar y a sonar, de modo que abandonó el volumen en la mesilla y fue a abrir aturdido por aquel cambio brusco de escenario.

Al otro lado apareció Amelia, que entró, cerró la puerta, tomó el rostro del joven entre las manos y lo besó en los labios. Lo hizo sin prisa, con método, y al ver que no reaccionaba, preguntó:

—¿Te he asustado?

—Sí —dijo Carlos, que estaba bajo la impresión de haber pasado con brusquedad de su vida oficial a una existencia extraordinaria o quizá de una existencia extraordinaria a su vida oficial, no estaba seguro.

—Pues no te asustes. ¿Y ahora?

—Tengo poca experiencia —se disculpó Carlos.

—Pero tendrás teoría al menos.

—Teoría un poco, sí.

—Pues a ver si conseguimos hacer algo con tu teoría y mi experiencia —dijo ella—. Ven.

Y cogiéndolo de la mano lo condujo al dormitorio, donde se desnudó y lo desnudó, y lo colocó sobre ella casi como si manejara un maniquí, pues él continuaba indeciso, abstraído, dándoles vueltas a las formas de existencia no biológicas y a su capacidad para introducirse en la mente de las biológicas.

—No me acosté con tu padre —le dijo entonces ella al oído—, pero lo deseé. No cometeré el mismo error contigo.

Carlos oyó dentro de su cabeza una voz imperativa que le ordenó:

Hazlo.

Y mientras lo hacía le pareció que la habitación se iluminaba, como se iluminan las páginas de un libro en el momento en el que alguien lo abre para entrar en él. Así entró en Amelia, igual que el que entra en una novela.

Al principio, tenía la impresión de hacerlo para otro, pero al tercer o cuarto embate se apropió de la erección nacida de sus ingles y al incorporarse para observar el rostro de la mujer sufrió un acceso de hiperrealidad que le permitió gozar intensamente del modo en el que ella se mordía el labio inferior, quizá para equilibrar las cantidades de placer con algo de dolor, quizá para potenciar el gusto con un poco de daño. En ellos se encontraba, en los labios, cuando ella levantó los párpados y lo miró, y entonces se vio a sí mismo a través de los ojos de ella, mientras que ella (eso le pareció) se veía a sí misma a través de los ojos de él. Y no solo eso, sino que sus cuerpos habían alcanzado tal grado de fusión que resultaba imposible distinguir quién penetraba a quién. De hecho, él gemía como un cuerpo invadido mientras que ella gritaba como un cuerpo invasor.

Cuando, agotados, recuperaron su individualidad, Amelia salió de la cama desnuda, hurgó en los bolsillos de su falda, que se hallaba en el suelo, junto a la cama, y sacó un paquete de cigarrillos y un mechero que dejó en la mesilla. Luego abandonó la habitación y volvió enseguida con un plato pequeño.

—No he encontrado ningún cenicero —se justificó acercando un cigarrillo al joven, que lo rechazó.

—No fumo —dijo él.

—Hoy sí —declaró ella.

Carlos aceptó la oferta con un titubeo.

—Mi padre no fumaba en la cama —se defendió.

—¿Dónde fumaba tu padre?

—En la terraza, creo.

—Pero tú no eres tu padre. Tú puedes hacer lo que quieras, no lo que le habría gustado a él.

Dicho esto, Amelia se metió entre las sábanas, acercó la llama del mechero al cigarrillo del joven y después encendió el suyo.

—No es más que humo —concluyó Carlos como para liberarse de un sentimiento de transgresión que le incomodaba.

—Es mucho más que humo, créeme —dijo ella con una sonrisa.

Amelia observaba divertida las precauciones con las que el joven se llevaba el cigarrillo a los labios, el miedo con el que chupaba de él y la fascinación con la que arrojaba el humo, sin llegar a tragárselo. A Carlos, por su parte, le halagaba aquella atención, de modo que exageraba sus gestos de desconfianza.

—Nunca había fumado, ni en el instituto —dijo.

—Porque ya desde pequeño eras un gestor de riesgos —ironizó ella.

—Sí —admitió él—, creo que mi vida, hasta hoy, ha consistido en llevar cuidado.

—¿Cuidado con qué?

—Con todo en general. Era la frase favorita de mi madre cuando me veía salir de casa: «Lleva cuidado».

—¿Y has llevado cuidado hasta hoy?

—Hasta este momento: estoy fumando, ya lo ves.

Continuó con la boca abierta, como si fuera a decir algo más, pero lo reprimió.

—¿Qué ibas a decir? —preguntó ella.

—Nada —dijo él.

—Ibas a decir algo, no me mientas.

—Iba a decir que lo hemos hecho sin condón —añadió el joven extrañado por la imprudencia que acababa de cometer.

—Pero soy farmacéutica. Podría haber tomado precauciones antes de follarte.

—¿Las tomaste?

—No, pero podría utilizar mañana la pastilla del día después. ¿Qué me aconsejarías tú desde la perspectiva de la gestión de riesgos?

Carlos se tragó el humo y por primera vez logró no toser. Al expulsarlo con un gesto de hombre duro, dijo:

—Yo lo correría, correría el riesgo de tener una mariposa.

Dicho esto, apagó el cigarrillo (Amelia ya había apagado el suyo), retiró el platillo y se abalanzó sobre la mujer.

—¿Quién decías que había follado a quién? —preguntó entrando en ella con una furia novelesca que los dejó exhaustos.

Amelia se quedó dormida por el esfuerzo venéreo, mientras que Carlos, presa de un estado de euforia extraño en él, sintió que necesitaba hacer algo para liberar la energía que el ejercicio amatorio parecía haberle proporcionado. Parte de esa euforia, pensó, se debía a la vanidad convencional de haber dado satisfacción a una mujer experimentada, que casi le doblaba la edad, pero también a cuestiones más oscuras, relacionadas sin duda con su padre. Tal vez había cumplido un deseo de él. ¿Podría presumir de eso?

Procurando no moverse mucho para no despertarla, cogió el libro de los hermanos Grimm de la mesilla y lo abrió al azar y entró en un cuento que transcurría en un país muy lejano por ver si tenía la suerte de encontrarse con su padre allí para vengarse de él, para decirle que se había acostado con la mujer de su relato.

Observó el paisaje del cuento y reconoció aquella clase de «lejanía», que era semejante a la que sentía a veces respecto de sí mismo y de las decisiones que tomaba últimamente. Caminando con sus piernas fantasmales, se dirigió al palacio del rey en el momento en el que la reina estaba dando a luz al príncipe heredero, que nació sin la oreja derecha. El rey y su esposa no daban crédito a aquel infortunio. En la magnífica estancia, además del fantasma de Carlos, se hallaban la parturienta, su esposo y la mujer que había ayudado a traer al mundo a aquel príncipe incompleto, y a la que acusaron de haber provocado aquella pérdida.

—¡Irás a la hoguera! —sentenció el rey, que era, como la reina, de baja estatura, aunque muy fornido y de ojos terribles, de los que parecía salir un poco de fuego que no llegaba a quemarle los pelos de las cejas, abundantes y retorcidos.

La mujer se puso a llorar desconsoladamente. Entonces, Carlos, siguiendo la técnica aprendida de su padre, se introdujo en el cuerpo de la partera y, ajustando la posición de su cabeza a la de ella, le habló:

Dile al rey que tienes una solución.

La mujer se sobresaltó al escuchar aquella voz dentro de su cabeza. Pero la obedeció.

—Hay una forma de arreglarlo —dijo entonces dirigiéndose al rey.

—Si quieres salvar tu vida, dila ya —ordenó el monarca.

Carlos continuó hablándole y ella reproduciendo sus palabras:

—Tú eres el rey. Decreta que todo el pueblo se corte la oreja derecha y así el príncipe, cuando crezca, no se sentirá extraño, pues comprenderá que lo normal es carecer de ese apéndice.

Al rey le pareció genial la solución de la mujer y dispuso enseguida la difusión de un edicto por el que se obligaba al pueblo a obedecer aquella orden. Él mismo y su mujer se mutilaron. Todas las orejas amputadas fueron guardadas, cada una con el nombre de su propietario, en lo más profundo de una cueva donde el frío y la oscuridad eran tales que nada se descomponía en su interior.

En un abrir y cerrar de ojos pasaron los meses, pues el tiempo, en los cuentos, discurría a velocidades de vértigo, sin que Carlos diera con su padre. Pero permaneció en el relato porque le gustaba su atmósfera y porque tenía interés en ver cómo crecía el príncipe heredero, al que al año de edad le empezó a crecer, inesperadamente, la oreja derecha, como si hubiera llegado con retraso respecto del resto de sus órganos.

—Ahora nuestro hijo se sentirá raro por ser el único que tiene dos orejas en vez de una —dijo el rey a la reina—. Tal vez deberíamos amputársela.

Al escuchar aquello, Carlos se introdujo en el cuerpo del pequeño rey y logró, agachándose, hacer coincidir las dos cabezas. Entonces dijo:

No cometas esa crueldad con tu hijo. Ordena al pueblo que se vuelva a coser la oreja que se amputó.

El rey, sorprendido, se volvió a la reina.

—He oído una voz interior —dijo— que me aconseja que nos volvamos a coser las orejas.

A la reina, que no quería hacer daño a su hijo, le pareció mejor este remedio, y así se hizo. Los apéndices fueron devueltos a sus dueños, que se los volvieron a coser, cada uno como pudo. Para restituir los del rey y la reina se llamó a palacio a la costurera más experimentada del reino, igual que para su amputación se había recurrido al barbero de mayor fama. La costurera se presentó con unas agujas finísimas y con un hilo de oro tan delgado que apenas dejaría huella en las cabezas de los soberanos.

Pero antes de que la costurera comenzara su obra, Carlos tuvo una idea, de modo que se introdujo en la cabeza de la zurcidora y le dijo:

Cose la oreja del rey en la cabeza de la reina y la de la reina en la del rey, así él será más sensible a lo que le digan las mujeres y ella, más sensible a lo que le digan los hombres.

Así lo hizo y Carlos contempló su obra y vio que estaba bien. En esto, escuchó detrás de sí unos aplausos fantasmales y, al darse la vuelta, comprobó que eran de su padre.

—Muy bien hecho, hijo. No sabemos cómo habría sido el mundo en este cuento de no haber intervenido tú en él. Pero sabemos que en adelante será más justo.

A Carlos le pareció percibir un tono irónico en aquellas palabras.

—Pero todo esto de las orejas ha sido muy morboso, muy turbio —replicó.

—¿Acaso no te gusta lo morboso, lo turbio? —preguntó riéndose—. Yo diría que sí.

Carlos pensó en la historia que mantenía con Amelia en la otra dimensión de la realidad y calló. Tal vez el padre sabía de algún modo lo que ocurría en ese otro mundo.

En esto, escuchó la voz de Amelia, que acababa de despertar y reclamaba su atención.

—¿Dónde estabas? —le preguntó cuando logró salir apresuradamente del relato y entrar en la realidad.

—Perdona —dijo—, estaba acabando uno de estos cuentos.

Dos

Al día siguiente, urgido por la necesidad de ver de nuevo a Amelia, Carlos volvió al centro y merodeó por los alrededores de la farmacia. Era mediodía de un final de septiembre caluroso y los numerosos transeúntes, todavía con ropa de verano, se desplazaban por las aceras. Parecían limaduras de hierro atraídas o rechazadas por campos magnéticos de distinto signo. A veces, formaban grumos familiares o de amistad que las bocas de los establecimientos absorbían y vomitaban como si una máquina invisible los bombeara después de haberlos oxigenado, al modo de los circuitos cerrados de agua en los estanques.

Carlos tenía desde el día anterior percepciones exageradas de la realidad. Así, los automóviles, lejos de componer la monótona masa habitual, poseían cada uno su color, su estilo, su carácter, su individualidad, en suma. Todos eran el mismo y todos distintos a la vez, y él era capaz de captar la mismidad y la diferencia de manera simultánea. Atribuyó esta agudización de los sentidos a un efecto de sus lecturas, pues era en el interior de los cuentos de los hermanos Grimm donde, pese a no ser más que un fantasma, había vivido la existencia con semejante intensidad.

De súbito, advirtió también la calidad de pasillo de las calles, que al entrelazarse daban lugar a un fabuloso retículo por el que no solo iba de una parte a otra de la ciudad, sino de una parte a otra de sí mismo. Al avanzar sobre la acera, en fin, llegaba a zonas escondidas de su personalidad porque también él estaba constituido por un tejido de afectos y desafectos que se cruzaban y descruzaban generando significados cuya existencia no había podido sospechar hasta el momento.

Ya frente a la farmacia, intentó distinguir a Amelia a través del escaparate, donde se anunciaban productos diseñados para la belleza y el cuidado del cuerpo. Le llamó la atención la silueta de una mujer en bañador en la que la piel del hemisferio izquierdo de su rostro había sido tratada con una crema de protección solar, mientras que la del derecho no había recibido cuidado alguno. La mitad izquierda de su cara poseía la textura del exterior de una manzana, mientras que la derecha evocaba la de una fruta, más que madura, en proceso de descomposición. Quizá el anunciante no hubiera pretendido acentuar el contraste de los dos hemisferios hasta ese punto que producía rechazo, pero la mirada de Carlos provocaba efectos de realidad aumentada allá donde la dirigía.

Dudó si entrar, pues una parte de él le animaba a hacerlo y otra, a marcharse. Le pareció que en aquella discusión consigo mismo, la voz que le animaba a entrar era y no era la suya. A veces parecía de otro, de otro que quizá llevaba dentro de sí desde siempre, pero que hasta entonces había estado dormido o en silencio. Finalmente, decidió hacer caso al «otro» e ingresó en el establecimiento, cuyo mostrador tenía forma de ele.

Lo atendió de inmediato una Amelia mayor, casi anciana desde la perspectiva de Carlos, como si en menos de veinticuatro horas hubiera envejecido veinte o treinta años, cosa que podía ocurrir en un cuento, pero ahora estaba en la realidad, por lo que permaneció atónito.

—¿En qué puedo ayudarle? —preguntó la mujer.

Antes de que le diera tiempo a salir de su estupor e inventar algo, apareció otra Amelia joven que avanzó desde uno de los pasillos de la trastienda.

—Ya me ocupo yo, mamá, atiende tú un pedido que hay al teléfono. No logro entender lo que dice.

La mujer desapareció por el mismo lugar por el que se había manifestado Amelia y los dos se quedaron frente a frente, algo alejados de un par de empleados que en ese momento se encontraban en la otra parte de la ele atendiendo a unos clientes.

—¿Qué desea, joven? —preguntó Amelia con una sonrisa cómplice.

—No sé —Carlos se llevó la mano a la sien—, me duele un poco la cabeza.

Era cierto. La acentuación de sus capacidades perceptivas le había provocado una punzada que se concentraba en la parte interna del globo ocular izquierdo y que no llegaba a ser desagradable, pues ese raro dolor formaba parte de su nueva riqueza sensorial.

—¿Te duele la cabeza porque me echabas de menos? —preguntó ella bajando la voz.

—Sí, no sé. He tenido que volver al centro para otra entrevista de trabajo —mintió.

—¿Y lo has conseguido?

—¿El qué?

—El trabajo, tonto.

—Aún no lo sé, me lo dirán en unos días.

Amelia miró el reloj.

—¿Quieres que comamos juntos?

—¡Claro! —exclamó Carlos.

—Pues espérame unos minutos en la esquina de la calle de la Salud. Me quito la bata y voy.

Cuando el joven estaba a punto de darse la vuelta para salir, Amelia le dijo en voz alta:

—Para ese dolor de cabeza, lo mejor es que se tome este sobre de ibuprofeno que no necesita agua. Lo corta por arriba y se lo bebe. Sabe a fresa. Se lo regalo.

Carlos abandonó la farmacia con el sobre en la mano. En realidad, más que un sobre, era un tubo alargado y flexible, de un color azul muy intenso que se degradaba hasta el blanco. Le pareció que por el solo hecho de haber estado en las manos de

Amelia había adquirido la calidad de amuleto o de brebaje mágico; de pócima, en fin, de cuento de hadas. Se le había ocurrido de repente que la mujer tenía algo de bruja buena. Su trabajo, de hecho, consistía en repartir remedios para aliviar toda clase de males.

Conocía la calle en cuya esquina habían quedado, pero ignoraba que se llamara así, de la Salud, lo que le pareció un testimonio más de aquella lista de realidades insólitas.

La vio llegar al poco, con una falda de un tejido muy ligero y de vuelo amplio que se adhería a sus muslos al caminar. Sobre ella, una blusa ajustada con motivos florales que hacían juego con el estampado de la falda.

—¿Te has tomado el ibuprofeno? —preguntó.

—Me lo he guardado —dijo él— para tomármelo cuando me faltes.

—Jamás me habían comparado con un analgésico —rio ella.

Entraron en un pequeño restaurante japonés en el que la mujer que los acompañó a la mesa y el resto del personal tenían los ojos rasgados y recibían ceremoniosamente, con una inclinación de la cabeza. Los elementos decorativos de las paredes y de las mesas, orientales también y pensados sin duda para provocar en el cliente la idea de pisar suelo extranjero, aumentaron el estado de exaltación de Carlos, que al cruzar la puerta tuvo la misma impresión que al abrir la tapa de un libro para sumergirse en él.

—¿Te gusta la comida japonesa? —preguntó ella una vez que se sentaron.

—La he probado poco —dijo Carlos—, tendrán que traerme un tenedor.

—Yo te enseño a manejar los palillos, es muy fácil.

Amelia tomó las manos del joven, colocó los palillos entre sus dedos y le fue mostrando con su propio ejemplo el modo de utilizarlos.

—¿No ves? —concluyó la mujer—, puedes hacerlo. Es preferible que los uses con torpeza a que te traigan un tenedor. El tenedor es muy agresivo.

Cuando Carlos fue capaz de entrechocar las puntas de los palillos con la precisión con la que se encuentran los dos extremos de unas pinzas, se imaginó a sí mismo cazando con ellos en el aire un insecto, una mariposa quizá.

—Podría atrapar una mosca —dijo haciéndolos chasquear en el vacío.

—Eso lo has visto en una película —rio ella.

Entre risas y miradas cómplices iban dando cuenta de los platos que había pedido Amelia y que nombraba para Carlos, al que todos los nombres le sonaban, pero a los que ponía forma y sabor por vez primera, pues nunca antes había probado esa comida. Ahora, en cambio, se preguntaba cómo era posible que no le hubiera atraído tal conjunto de sabores y texturas.

Había, por otra parte, algo que al joven le sorprendía y era la transformación que en menos de cuatro meses se había operado en Amelia, a la que conoció de luto por la muerte de su hija. ¿Acaso la había olvidado en tan poco tiempo?

—Veo que vas recuperándote de la pérdida de la niña —dijo a modo de tanteo.

—Poco antes de irme de vacaciones —le explicó ella—, tuve que viajar a Barcelona por un asunto de trabajo. En el tren de vuelta me dormí y soñé que descarrilábamos y que moría en el accidente. Todavía muerta, abrí los ojos y vi el túnel ese del que hablan los que han estado al otro lado y han vuelto. Llegué al final del túnel, que resultó ser un túnel real que acababa de atravesar el tren, y vi un paisaje idéntico a cualquier paisaje, pero con más brillo, no sé, con más luz, repleto de energía, como si hubiera alcanzado otra orilla de la vida. Me pregunté si me había despertado o continuaba durmiendo, pues no lo sabía a ciencia cierta. Si había despertado a la vida real, pensé, en la vida del sueño, donde el tren había descarrilado, continuaba muerta, me había muerto para siempre en esa vida y por lo tanto había logrado llegar al mismo sitio en el que se encontraba Macarena. Hay, pues, una dimensión de mí que está muerta y por lo tanto con mi hija. Aquella idea, que no ha dejado de acompañarme, me tranquilizó. Decidí entonces que había llegado la hora de retomar esta otra vida a la que había despertado y empecé a salir de la depresión sin ayuda aparente alguna. Aunque he de decirte que tú fuiste fundamental en ese proceso, pues todo conducía a ti; no puedes imaginar cómo escuchaba a través de los tabiques tus movimientos igual que escuchaba los de tu padre cuando él vivía. Os parecéis tanto y estuve tan secretamente colgada de él que es como si tú fueras un regalo suyo.

—Pero yo no sé recomendarte novelas —se lamentó Carlos.

—Tú eres una novela.

Amelia, que había decidido no regresar a la farmacia, propuso que pasaran la tarde en un hotel de la Gran Vía, que quedaba a tan solo unos minutos del restaurante japonés. A Carlos, que se deslizaba hechizado por el relato que estaba viviendo, le pareció bien.

La habitación del hotel tenía algo de útero en la medida en la que poseía todo lo que su imaginación hubiera podido pedir. La decoración le recordó un poco a la de las habitaciones de las casas de muñecas. Cuando él era pequeño, cerca de su colegio había una juguetería en cuyo escaparate exponían siempre una de estas casas frente a la que Carlos, al volver a casa, se detenía, subyugado por aquellos mundos interiores en los que todo era perfecto y en cuyas habitaciones nada malo podía suceder. En la suite del hotel se sentía como uno de aquellos personajes, uno de aquellos muñecos que habían alcanzado un lugar en el que se encontraban a salvo de todo.

—¿Te gusta? —preguntó Amelia al observar el ensimismamiento del joven.

—Más que eso —respondió Carlos—, yo soy de este país, sea cual sea este país.

Amelia sonrió agradecida.

—¿Has visto cómo han mirado en recepción tu carné de identidad? Pensaban que eras un menor y yo, una abusadora.

—Puedes abusarme cuanto quieras —replicó él.

—No es necesario que me autorices. Ya lo había pensado —dijo acercándose para proceder a desnudarlo.

Tras quitarle los pantalones y ver la erección —que incluso a su dueño, y debido a la percepción de realidad aumentada, le pareció magnífica—, Amelia, todavía vestida, extrajo de su bolso una crema con la que comenzó a frotarle el pene.

—¿Qué es eso? —preguntó Carlos.

—Es una poción mágica, una pomada anestésica en realidad, para que aguantes más. Lo de ayer estuvo muy bien, pero se puede mejorar.

Antes de que la pomada hiciera su efecto, y debido a la manipulación de Amelia, Carlos eyaculó con tal fuerza que sus jugos empaparon las manos de la mujer y alcanzaron su blusa. Ella rio. Él no. Él asistió al suceso con gesto de fascinación, como si aquello le estuviera ocurriendo a otro, o como si él hubiera eyaculado para otro.

—Perdona —dijo.

—¡Perdona tú! —exclamó ella riendo—. Me parece que me he pasado de lista.

Amelia se desnudó entonces delante de él, que observaba las sucesivas manifestaciones de su cuerpo como un prodigio venido de otro mundo.

—¿Nunca habías visto a una mujer desnuda? —preguntó.

—Jamás de este modo —aseguró él.

—Pues ya iba siendo hora.

Como la erección hubiera regresado, ella volvió a extender la crema, que en esta ocasión sí produjo el efecto narcótico buscado. Carlos sintió su pene erecto y adormecido a la vez como una prótesis extrañamente encarnada en su cuerpo. Con ella, con la prótesis más que con su órgano, penetró a la mujer hasta que ambos cayeron rendidos, uno al lado del otro. Recuperada la respiración, Amelia buscó el tabaco y el mechero y compartieron un cigarrillo, desnudos sobre la cama, mientras observaban las sombras del techo. Entonces ella dijo:

—Si fuéramos personajes de una novela de Patricia Highsmith, tú habrías matado a tu padre para quedarte conmigo.

—¿Y quién dice que no lo maté?

—¿Cómo?

—No habría sido raro que a mi edad lo buscara, quizá por la curiosidad de saber quién era, quizá para reprocharle que nos abandonara a mi madre y a mí cuando yo apenas tenía unos meses. Imagínate que por fin lo encuentro y que lo sigo y que un día lo abordo en un bar y que le digo quién soy y que no me reconoce o finge no hacerlo. Pese a ello, nos vemos un par de veces más y en una de ellas yo le echo en el café la sustancia causante de su accidente de moto.

—¿Qué clase de sustancia?

—Dímelo tú, que eres la farmacéutica.

—Para acceder a esas sustancias necesitarías receta.

—Imagina entonces que le he echado una pastilla de éxtasis o de cualquier otro alucinógeno sencillo de comprar en la calle. Él se monta en la moto. El alucinógeno le hace efecto enseguida, pero no es consciente del cambio porque no sabe que está drogado. En esas circunstancias, es muy fácil que no frenara en aquel cruce donde se estrelló con un coche.

Amelia se incorporó sobre el brazo, miró directamente a Carlos a los ojos y le dijo:

—¿Sabes que me estás empezando a parecer un poco peligroso?

—¿Solo un poco? —preguntó Carlos.

Amelia soltó una carcajada y regresó a la posición anterior. Carlos siguió hablando:

—Muerto mi padre, ocupo su sitio en el corazón de la mujer de la que estaba enamorado. En resumen, si eso es lo que te gusta, podemos ser personajes de una novela de Patricia Highsmith.

—Encendamos entonces otro cigarrillo.

Tres

Amelia descubrió que estaba embarazada a mediados de octubre. Se había hecho el test en el lavabo de la farmacia y esa misma tarde se lo llevó, envuelto en papel de regalo, a Carlos, que recibió la noticia como si se la dieran a otro para que ese otro se la transmitiera a él. Por eso tardó unos segundos en reaccionar. Una vez enterado, cogió a Amelia en brazos, la condujo al dormitorio y lo celebraron en la cama.

—Será una niña —dijo ella tras el paréntesis venéreo, al tiempo de encender un cigarrillo.

—Ya no puedes fumar —apuntó él.

—Lo sé, este es el último cigarrillo de después.

Los días se habían acortado y la luz que entraba por la ventana contenía grumos de sombra muy sutiles que sin embargo Carlos veía navegar por la habitación y rebotar suavemente contra las paredes.

—Se llamará Macarena —añadió ella.

A Carlos le pareció bien, pues le sonaba a nombre de mariposa. Por cierto, que la del despacho de su padre se había deshecho ya del todo y en el corcho solo quedaba el alfiler que le había dado muerte y al que había estado sujeta hasta convertirse en polvo y flotar por la atmósfera de la vivienda. La historia de ese alfiler, se dijo el joven, podría ser un cuento de los hermanos Grimm.

—Ahora tendré que buscar un trabajo en serio —pensó él en voz alta.

—¿Hasta ahora no lo buscabas en serio?

—La verdad es que no.

Amelia rio mientras le pasaba el cigarrillo.

—Y tampoco has estado yendo a la facultad —afirmó.

—Tampoco —confesó Carlos.

—¿A qué te has dedicado entonces?

—A leer.

—A leer, ¿por qué?

—Por responsabilidad —respondió en tono irónico.

—Eres como tu padre y no eres como tu padre. Detrás del aparente equilibrio de tu padre se intuía algún tipo de desarreglo, mientras que detrás de tu inestabilidad se percibe en cambio una rara armonía. Serás un buen padre, pero tienes que ponerte ya a ello.

—Y tú a lo de ser madre. Da la última calada.

Amelia tomó el cigarrillo, del que aspiró con fuerza, para arrojar a continuación el humo sobre el rostro de Carlos.

—Esta es la última, y te la echo a la cara para que no la olvides. Pero tú no olvides que o empiezas los estudios o te buscas un trabajo. He de presentarte a mi madre como una persona adulta, responsable. Bastante lío tendré con el asunto de la diferencia de edad.

—También yo tendré ese problema con la mía —dijo Carlos—. Si te comprometes a romper con tu madre para evitarme todos los convencionalismos que se ven en el horizonte, me comprometo yo a romper con la mía para evitártelos a ti.

—No puedo romper con mi madre. Trabajo en su farmacia, que espero heredar.

—Podríamos deshacernos de ella.

—¿Como te deshiciste de tu padre?

—Algo así —bromeó Carlos.

Esa noche, cuando Amelia regresó a su piso, pues siempre prefería amanecer en él, Carlos tomó el libro de los hermanos Grimm y lo abrió al azar para entrar en un cuento donde un campesino trataba de fijar en la pared de su cabaña un clavo de madera del que colgar la chaqueta cuando volvía del trabajo. En uno de los golpes, el clavo rompió la pared y puso al descubierto un hueco en cuyo interior apareció un homúnculo muy delgado y de no más de un palmo de altura ataviado con un traje multicolor que parecía confeccionado con pieles delicadísimas de diferentes frutas. Estaban estas pieles tan adheridas a su cuerpo que el homúnculo daba la impresión de híbrido de ser humano y vegetal. De hecho, Carlos pensó en él como en una planta que al crecer hubiera modificado su ruta biológica para devenir hombre finalmente. Los pelos de sus cejas, largos y enmarañados, eran como raíces y sus dientes, que mostraba al sonreír, parecían de madera.

El homúnculo, tras quitarse el gorro, fabricado con el extremo de la vaina de una legumbre, y hacer una reverencia al asombrado campesino, se presentó como el espíritu bueno de la casa.

—En todas las casas —puntualizó— hay un espíritu bueno, y quizá uno malo, eso no sabría decírtelo.

Luego, tras saltar desde su agujero hasta la mesa de la estancia, continuó explicando que desde tiempos inmemoriales el gremio de los albañiles había decidido dejar en las casas que construían un hueco en el que introducían una semilla de mandrágora, cuya raíz tiene forma humana. Dadas las propiedades asombrosas de esta planta, que lo mismo servía para cicatrizar heridas que para eliminar cualquier tipo de dolor o desterrar el insomnio, sin olvidar su capacidad de estimular el apetito sexual, constituía el material perfecto para convertirse en el alma o espíritu de las viviendas, sobre todo en su forma híbrida de vegetal-hombre.

—Esos antiguos albañiles —continuó el homúnculo— se fueron pasando el secreto de generación en generación, de manera que son muy pocas las viviendas sin espíritu, aunque muy pocos de sus habitantes lo descubren. A quienes lo logran se les premia con la realización de un deseo. De un solo deseo.

—¿Y qué ocurre —preguntó el campesino— si pasan siglos sin que nadie os descubra?

—Nada, no ocurre nada. Nosotros nos enquistamos en el hueco, suspendemos cualquier actividad, hibernamos, en fin, y podemos permanecer millones de años en estado latente. De hecho, en rarísimas ocasiones nos encuentran, y siempre por casualidad, pues uno de los requisitos para otorgar el deseo es que aquellos que lo obtengan nos guarden el secreto. Si alguien lo divulgara, lo concedido desaparecería y caería la desgracia sobre el indiscreto.

Carlos permanecía atento a la conversación entre el campesino y el homúnculo, pero no dejaba de mirar también a un lado y a otro con la esperanza de que apareciera su padre, pues sus últimos encuentros habían sido muy breves y el joven no había hallado el momento ni la determinación de revelarle su historia con Amelia, a la que tendría que añadir ahora la noticia del embarazo.

—¿Deseas pedir algo? —preguntó el homúnculo al campesino.

El aldeano relató que tenía una hija a la que él mismo había cortado las dos manos por orden del diablo.

—¿Y qué quieres que haga?

—Que le vuelvan a salir.

—Tráeme, pues, a tu hija.

El hombre abandonó la cabaña por una puerta que daba a la parte trasera y volvió con una adolescente de cabellos rubios hasta la cintura que mostró al homúnculo los dos muñones dejados por la amputación.

Tras examinarlos con detenimiento, el hombrecillo produjo en su interior un jugo verde, semejante a la bilis, que liberó a través de la boca para untarlo en los muñones. Al poco, de aquella carne torturada comenzaron a surgir unos dedos con sus uñas y sus falanges, como cuando se infla un guante de goma, y detrás de ellos aparecieron la palma y el dorso de las manos con sus líneas de la vida, sus venas azules y todo lo demás. Carlos se preguntó si aquello no sería una alucinación provocada por los vapores de la planta, que salían de entre los labios del homúnculo, pues en algún sitio había leído u oído que la mandrágora poseía también facultades alucinógenas. Una de las dos manos, la izquierda, salió más pequeña que la derecha, y el campesino se lo hizo notar al homúnculo.

—No somos perfectos —respondió este—. Querías que tu hija tuviera dos manos y ya tiene dos manos. Si le atas la derecha a la espalda y la obligas a trabajar con la izquierda, esta se desarrollará más y llegará un día en el que serán iguales.

Ahora dame de comer a fin de almacenar energías para otros cien siglos y vuelve a emparedarme en mi agujero.

El homúnculo comió con ganas cuanto le fue puesto en la mesa antes de saltar de nuevo al hueco de la pared, que el campesino tapió con una argamasa hecha de barro y ramas.

El cuento no terminaba ahí, pero Carlos lo abandonó porque se le ocurrió una idea. Levantó la vista y se dio cuenta, con sorpresa, de que ya había amanecido. Miró el reloj y calculó que Amelia ya habría salido de casa rumbo al trabajo, de modo que tenía todo el día por delante antes de que regresara, al atardecer, de la farmacia.

Buscó un martillo de madera que había visto en la cocina. Con él en la mano, empezó a golpear con método las paredes del pasillo en busca de una zona que sonara a hueco. Tras el pasillo, repasó el despacho y el dormitorio y la habitación de invitados sin resultado alguno. A continuación se dirigió a la cocina, cuyas paredes juzgó imposible revisar sin descolgar los armarios; le pareció una tarea improbable de llevar a cabo sin ayuda.

Profundamente desalentado, con el martillo colgando como un despojo de su mano, se dirigió al cuarto de baño anexo al dormitorio con la idea de refrescarse un poco y fue allí, frente al espejo en el que su reflejo le hizo un guiño de ánimo, donde recuperó la euforia. Sin detenerse a pensar, descolgó el espejo, que tenía tres puntos de anclaje, pues era grande y pesado, y lo colocó en el interior de la bañera, sobre una toalla, para proteger sus bordes. Luego, con la expresión del que ausculta un cuerpo, comenzó a golpear los baldosines hasta dar con uno que sonó a hueco. El corazón se le aceleró. Seguro que en aquel punto había una burbuja de aire a la que tendría que acceder con cuidado, para reparar luego los desperfectos sin necesidad de solicitar los servicios de un profesional.

Era una suerte que Amelia hubiera salido ya a trabajar, pues de otro modo, dado que su cuarto de baño se encontraba al otro lado del muro, habría escuchado los golpes, que le habrían alertado de que algo raro pasaba en el piso de Carlos.

El joven buscó la caja de herramientas, que su padre guardaba debajo de la cama de la habitación de invitados, de la que extrajo un destornillador y un martillo, con la cabeza metálica en este caso. Poseído por una calma más metódica que real, volvió al cuarto de baño e introdujo la pala del destornillador en la juntura del baldosín que había sonado a hueco y que tenía, más o menos, la altura de un palmo, es decir, la de un homúnculo. Con paciencia, fue golpeando el mango del destornillador con el martillo alrededor del perímetro del baldosín. Inevitablemente, saltaban es-

130

quirlas de la cerámica que caían en el lavabo, cuyo sumidero había tapado para evitar que se atascara. Tras un trabajo de cirugía en el que, pese a la impaciencia que lo dominaba, empleó casi una hora, el baldosín quedó medio suelto y pudo sacarlo de la pared haciendo palanca con la punta del destornillador.

Al otro lado apareció un homúnculo idéntico al del cuento de los hermanos Grimm, que le hizo la misma reverencia que al campesino al tiempo de decirle:

—Te conozco, joven.

—¿De qué? —preguntó Carlos todavía con el baldosín en la mano.

—Te vi hace poco en el interior de un relato.

—¿Eres el mismo?

—Claro, siempre soy el mismo porque soy ubicuo. Estoy en todos los huecos que los albañiles dejan en las casas con alma.

—¿Y cómo es que me viste si en el cuento era un fantasma?

—Porque tengo esa cualidad, la de ver lo invisible. Y bien, dejémonos de cháchara, ya sé que vas a pedirme un deseo, pero antes necesito comer un poco.

El homúnculo saltó del agujero de la pared al lavabo y del lavabo al suelo. Ya juntos, uno al lado del otro —Carlos con el cuidado de no pisarle y el hombrecillo con el de no ser pisado—, se dirigieron a la cocina, donde el extraño ser trepó con la agilidad de un reptil hasta la encimera para tomar asiento allí a la espera de ser servido.

El joven sacó galletas y cereales, que tenía para desayunar, de los que el homúnculo dio buena cuenta. Aun así, le pidió que abriera la nevera y le facilitara también algún alimento fresco. Comió más zanahorias de las que le cabían en el cuerpo, además de un tomate grande y muy maduro cuyo jugo le bañó de arriba abajo. Una vez saciado, y tras eructar dos o tres veces, se dirigió a Carlos.

—Y dime, ¿cuál es tu deseo?

—Mi padre, que me devuelvas a mi padre.

—¿Dónde está tu padre?

—Murió y me encuentro con él en los cuentos de los hermanos Grimm, que es el último libro que leyó. Pero me lo encuentro en forma de fantasma. Lo quiero aquí y vivo.

—Hum —murmuró el homúnculo—, jamás me habían solicitado que resucitara a un muerto. No es fácil. Debe de estar descompuesto en su tumba. A veces pedís milagros.

—Pero ¿podrás?

—No sé, creo que sí, aunque no esperes que sea exactamente igual a como era en vida. Hay trabajos imposibles de llevar a cabo.

—No quiero que lo revivas con defectos físicos, como a la adolescente del cuento. Quiero que sea normal.

—¿Cuánto tiempo lleva muerto?

—Algo más de cuatro meses.

—Quizá tenga que ponerle la cara de un muerto más reciente, no sé, y algunos órganos internos de un recién fallecido. En todo caso, te aseguro que será tu padre y que tú lo reconocerás como tal. Ahora llévame a mi agujero y emparédame de nuevo para que pueda seguir ejerciendo mis funciones de espíritu doméstico. Y a ver si me dejáis descansar un par de siglos.

Carlos tomó con cuidado al hombrecillo, todavía pringado por el jugo del tomate, lo llevó al cuarto de baño y lo devolvió a su agujero. Después colocó el baldosín, que logró sujetar en su sitio con un pegamento que encontró también en la caja de herramientas de su padre. Se notaba, claro, que aquel pedazo de pared había sido manipulado, pero una vez colocado el espejo todo quedó como estaba antes del descubrimiento.

Luego, tras recoger los restos de cerámica y cemento del lavabo y arrojarlos al cubo de la basura, fue al dormitorio y se dejó caer, agotado, sobre la cama. Se notó febril.

Esa tarde, cuando Amelia regresó de la farmacia, encontró a Carlos en la cama, con fiebre muy alta. Estaba desasosegado y decía incoherencias de las que era imposible obtener significado alguno. Deliraba.

—Te voy a llevar a urgencias —le dijo.

El joven pareció volver entonces a la realidad y le dijo que no, que lo que tenía era puro agotamiento emocional debido a los acontecimientos traumáticos de los últimos meses y a las responsabilidades a las que tendría que hacer frente cuando naciera la niña, porque ya daba por hecho que niña sería.

—Créeme, es puro agotamiento mental.

—¿Con esta fiebre? —dijo ella.

—Siempre he tenido fiebres altas, se me pasará si descanso.

Amelia fue a su piso y volvió enseguida con un cargamento de medicinas, de las que le obligó a tomar un antipirético y un ansiolítico. Luego se acostó a su lado y fue comprobando cómo su pulso adquiría el ritmo normal al tiempo que descendía la fiebre. Finalmente, el joven se durmió en un charco de sudor, con ella al lado.

A medianoche, Carlos se despertó y salió de la cama con sigilo para dirigirse al cuarto de baño. Allí, con la expresión de una persona consumida por un esfuerzo sobrehumano, observó su reflejo y le preguntó:

—¿Sí?

El reflejo hizo un levísimo gesto afirmativo con la cabeza y enseguida regresó a su función de duplicado. Carlos revisó los bordes del lavabo y descubrió aún restos de la cerámica extraída unas horas antes de la pared, que recogió con un trozo de papel higiénico humedecido y arrojó al retrete. Después regresó junto a Amelia, a la que se abrazó colocando una de las manos, a modo de protección, sobre su vientre.

Cuatro

Por la mañana, cuando Carlos se despertó, Amelia, que abrió los ojos casi al mismo tiempo, continuaba a su lado.

—¿No te has ido a tu casa? —preguntó él.

—Hoy no, creo que hacía más falta aquí.

El joven se encontraba bien, pero la fiebre alta había dejado en su rostro huellas profundas.

—Parece que has adelgazado cinco quilos en un día —dijo ella.

—Estaré mejor cuando me duche y desayune.

Los minutos siguientes transcurrieron como los de una pareja estable dispuesta a iniciar una jornada cualquiera. Sin embargo, en la expresión de Amelia podía percibirse una inquietud a la que no dio salida hasta que se encontraron frente a las humeantes tazas de café, en la cocina.

—Ayer tardé mucho en dormirme. Estuve pensando.

—¿Pensando en qué?

—En ti, en nosotros. Quizá te he llevado a una situación un poco extrema.

—¿Qué situación?

—No nos engañemos, Carlos. Casi te doblo la edad, lo que no va a ser fácil de explicar ni a tu familia ni a la mía ni al mundo en general. Si fuera al revés, ya sabes, no pasaría nada. Pero de ti pensarán que te has dejado embaucar y, de mí, que soy poco menos que una asaltacunas.

—Soy mayor de edad.

—Desde hace cuatro días. Además, no tienes trabajo y has abandonado los estudios. No podemos presentarnos ni a mi madre (mi padre ya sabes que no cuenta) ni a la tuya como un par de locos.

—A mí me da igual mi madre.

—Eso lo dices ahora, pero con el tiempo te pesará la situación y empezarás a odiarme.

—Jamás te odiaré.

—Fíate de mi experiencia.

—Y tú de mi ingenuidad.

Los dos rieron. Él tomó la mano de ella por encima de la mesa y la besó.

—El estado de la cuestión es el siguiente —continuó ella—: Tú te has independizado hace muy poco gracias al piso y al dinero que heredaste de tu padre. Pero desde entonces hasta el día de hoy has estado sometido a un estrés que ha puesto a prueba tu resistencia emocional. Te recuerdo: murió tu padre, te independizaste, te viniste a vivir a su casa, nos enamoramos, yo me he quedado embarazada después de haber perdido a una hija... Son demasiadas cosas. Quizá yo he actuado de manera un poco inconsciente, quizá yo, siendo mayor que tú, debería haber manejado todo de otro modo...

—Me das miedo —dijo Carlos—, te estás poniendo razonable. No sé adónde quieres llegar.

—Quiero hacerte una propuesta: dentro de ocho meses serás padre, un padre muy joven, por cierto. No es un papel sencillo. Hay que estar preparado y tú no lo estás.

Carlos inició un gesto de protesta, pero ella le tapó dulcemente la boca con la mano para continuar:

—No lo estás porque todavía no has digerido la muerte de tu padre, no le has hecho el duelo, y porque no sabes si quieres continuar estudiando o buscar un trabajo que, dada tu preparación, te será muy difícil encontrar. Mi propuesta es la siguiente: tómate unos meses de descanso, como si cogieras un sabático. Puedes hacerlo, según me has contado, con los ahorros de tu padre. Piensa qué quieres hacer con tu vida, yo te apoyaré en lo que decidas. Pero, y ahora viene lo mejor, debes venirte a vivir a mi casa y poner este piso en alquiler, de ese modo tendrás unos ingresos fijos equivalentes a un salario. Desde esa tranquilidad económica y sin pensar que vives a mi costa, lo que tarde o temprano te llevaría a odiarme, podrás reflexionar sobre el futuro, sobre el tuyo y sobre el nuestro, sobre el de los dos.

—Sobre el de los tres —añadió Carlos señalando su vientre con la mirada.

—De acuerdo, sobre el de los tres.

El joven se quedó pensativo. Luego dijo:

—¿Por qué no lo hacemos al revés? ¿Por qué no te vienes tú a vivir aquí y ponemos en alquiler tu casa?

—Primero, porque este piso está cargado de la energía de tu padre, que no sé si actúa favorablemente sobre ti. Segundo, porque, si alquiláramos el mío, el dinero de ese alquiler me pertenecería a mí, no a ti. Piénsalo y me dices, yo me tengo que ir, que ya llego tarde a la farmacia.

Antes de despedirse, Amelia sacó del bolso las llaves de su casa y se las entregó a Carlos:

—Toma —dijo—, por si quieres ir tomando posesión mientras yo estoy fuera.

A media mañana, Carlos salió de la casa de su padre (aún no había conseguido hacerla suya) y entró en la de Amelia. El piso era idéntico, aunque las habitaciones estaban dispuestas en espejo respecto al suyo. En cuanto al mobiliario, el del salón parecía más caro que el de su padre, menos convencional quizá, pero no había apenas estanterías ni libros. La puerta de la que había sido la habitación de Macarena —su casi hermanastra, y que en su siguiente reencarnación, pensó, sería su hija— permanecía como si la niña viviera todavía. Carlos se sentó en la cama y contempló con detalle el cuarto y al hacerlo se recordó a sí mismo de niño, sentado en el borde de su propia cama de entonces, observando unas estrellas fosforescentes que su madre había pegado en el techo, para que por la noche su cuarto se asemejara a un cielo estrellado. Colocaré aquí unas estrellas idénticas, pensó.

Acto seguido se dirigió al cuarto de baño, del que descolgó con cuidado el espejo para golpear con los nudillos los baldosines que había detrás, que sonaron a hueco, el mismo hueco sin duda al que había accedido desde el cuarto de baño de la casa de al lado y en el que habitaba el mismo genio al que había solicitado la resurrección de su padre. Las dos viviendas compartían el alma.

Cinco

El piso se alquiló enseguida, pues la demanda en esa zona era superior a la oferta debido a la abundancia de servicios y comunicaciones. El futuro inquilino, acompañado por Carlos y por un empleado de la agencia que se había ocupado de la selección, se demoró en cada una de las habitaciones con gestos de asentimiento que se acentuaron al repasar los títulos de los libros que forraban las paredes del salón y del despacho. Luego se detuvo frente a la vista de la M-40.

—¡Magnífico! —exclamó ante el espectáculo siempre igual y siempre distinto de los automóviles que en la vía de circunvalación buscaban nerviosamente su salida, diez pisos más abajo. Después, volviéndose a Carlos, añadió—: Me gusta pensar en la existencia como en una gran carretera de circunvalación con señales que indican el destino de cada uno. Algunos nos pasamos la vida dando vueltas sin saber cuál es nuestra salida.

Se trataba de un hombre de unos cincuenta años poseedor de uno de esos rostros que resultan familiares aunque no se hayan visto nunca. Vivía en Barcelona, pero acababa de divorciarse y prefirió comenzar su nueva vida en Madrid, ciudad en la que había estudiado de joven y de la que aseguró guardar un gran recuerdo. Se dedicaba al cine documental (Carlos comprobó que estaba muy valorado en las redes sociales), y había obtenido algún premio y tenía un contrato para dar clases de su especialidad en una universidad privada de la capital.

El aspirante a inquilino se narraba a sí mismo con la naturalidad con la que se habla de otro. Nada de cuanto se atribuía parecía tener importancia, pero era esa ausencia de énfasis lo que, paradójicamente, proporcionaba un dramatismo especial a su relato. Sus informes bancarios eran impecables y no había puesto objeción alguna a las condiciones de la agencia, que incluían más mensualidades de adelanto de las marcadas por la ley, así como el aval de alguien con capacidad de afrontar un impago prolongado.

Tras visitar el piso, Carlos le ofreció un café para comentar los últimos aspectos del trato. Le informó de que él vivía en la casa de al lado, para cualquier cosa que necesitara, y que prefería no mover la biblioteca, que había pertenecido a su padre.

—Aunque si te molesta —añadió—, puedo meter los libros en cajas y llevarlos a un guardamuebles.

—De ninguna manera —protestó Ignacio, que así se llamaba el inquilino—. He tenido que dejar mis libros en Barcelona y me vendrá muy bien disponer de los tuyos, si no te importa que los use.

Carlos se sentía raro en aquella posición de persona mayor ante la que le había colocado la vida o se había colocado a sí mismo. No sabía bien quién manejaba los hilos de aquel relato en el que de súbito se veía frente a una situación insólita: la de alquilar un piso de su propiedad a un extraño.

—Los gastos de comunidad no son altos —añadió el de la agencia—, pese a que la urbanización, compuesta por cuatro bloques, tiene piscina entre otros servicios comunes.

Carlos e Ignacio intercambiaron una mirada irónica frente a esta salida de orden práctico que desentonaba con el tono más personal que había empezado a adquirir la conversación.

Y en ese momento fue cuando la voz de dentro de la cabeza de Carlos, que a veces parecía suya y a veces no, dijo:

Es él.

¿Quién?, preguntó Carlos retóricamente, pues sabía a quién se refería.

Tu padre, idiota, respondió la voz. *El tal Ignacio es tu padre y tú eres su hijo, aunque él todavía no lo sabe.*

Durante unas décimas de segundo, Carlos permaneció en una suerte de vacío mental del que regresó fingiendo una naturalidad que se encontraba lejos de sentir. El homúnculo había cumplido de un modo extraño su promesa, del mismo modo extraño en que se cumplen los deseos en los cuentos.

Quedaron en firmar al día siguiente el contrato en la oficina de la agencia y que en una semana el inquilino podría ocupar la vivienda.

Esa noche, al relatarle a Amelia el encuentro, le preguntó:

—¿Qué te parecería que Ignacio, el inquilino, fuera una especie de reencarnación de mi padre, que vuelve al piso en el que vivió, aunque él ignora que es mi padre, incluso que vivió en ese piso en otra vida?

Amelia rio. Dijo:

—Me aseguraste que no leías, pero lo poco que has leído desde que te has instalado aquí te está volviendo loco.

La voz le advirtió:

Cuidado, no vayas más allá o levantarás sospechas.

Carlos rio también frente a lo que Amelia había tomado por una ocurrencia. Sin embargo, ella volvió al poco al asunto:

—Por cierto, que tu padre, en una de aquellas conversaciones que teníamos cuando comentábamos los libros que me prestaba, me contó que, según Platón, el filósofo griego, conocer es recordar.

—¿Y eso qué quiere decir?

—Pues que antes de venir al mundo lo sabíamos todo, pero que al encarnarnos lo olvidamos, así que cuando creemos que estamos aprendiendo algo, en realidad lo estamos recordando. Si le das tiempo a tu inquilino —añadió en claro tono de broma—, tal vez acabe recordando quién es él y quién eres tú.

A Carlos le pareció que la historia del filósofo griego estaba más cerca de la lógica de los cuentos de los hermanos Grimm que de la idea de realidad que había intentado inculcarle su madre, una idea en la que «las cosas son lo que son». Platón, según recordaba del bachillerato, era una persona seria, no un cuentista. Tal vez las cosas no eran lo que eran, aunque hubiera que vivir como si lo fueran para no estar en guerra constante con el mundo.

Después de que Amelia se durmiera, salió sigilosamente de la cama y repasó varios cuentos de los hermanos Grimm sin dar con su padre en ninguno de ellos. Parecía huir de él y tenía motivos. Luego volvió a la cama aquejado de una especie de niebla mental acogedora.

Seis

La madre de Amelia y la de Carlos se estrecha-
ron la mano fríamente al ser presentadas. Ocurrió
en la casa de Amelia, que ahora era también la del
joven, donde fueron invitadas a cenar para cono-
cerse todos de golpe.

—Mejor resolverlo de una vez que a plazos.
Es absurdo que tú me presentes por un lado a tu
madre y que yo te presente por otro a la mía y que
luego organicemos un encuentro para que se co-
nozcan las dos. Las agonías largas son terribles
—dijo Carlos.

Pese a la seguridad con la que había hablado,
se sentía más indeciso y asustado que Amelia, por
lo que procuró trabar conversación con el novio
de su madre, que había acudido a la cena, aunque
se mostraba un poco desplazado al no participar
de los intereses sentimentales del grupo. Había
tenido contacto con Carlos, sí, y le profesaba cierto afecto, pero no le afligían sus problemas.

—¿A ti no te parece que mi hijo es muy joven para tu hija? —estaba preguntando la madre
de Carlos a la de Amelia después de que esta les
pusiera una copa de vino blanco entre las manos.

Carlos sabía que la madre de Amelia estaba de acuerdo, pero ella prefirió defender a Amelia.

—Si fuera al revés —respondió—, es decir, si tu hijo le doblara casi la edad a mi hija, no estarías planteando esto. Puro machismo, ¿no? Vivimos atrapados en esquemas mentales que ya es hora de ir superando, creo yo.

—Pero es que mi hijo —continuó la madre de Carlos moderadamente agresiva— no tiene oficio ni beneficio. Ni siquiera ha empezado sus estudios universitarios.

—Eso me tendría que doler más a mí que a ti, pues hasta que arregle su situación tendrá que vivir a costa de mi hija.

—Bueno, heredó un dinero de su padre y tiene alquilado el piso de al lado, que es un ingreso fijo. No es que esté con una mano delante y otra detrás.

La conversación entre las dos mujeres se desarrollaba de pie, junto al ventanal que daba a la M-40, por donde los coches circulaban ya con las luces encendidas, como animales crepusculares dotados de ojos capaces de perforar la oscuridad. Cerca de ellas, cada uno con una cerveza en la mano, Carlos y el novio de su madre intentaban hablar de cualquier cosa, aunque permanecían más atentos a la charla crispada de las mujeres que a la propia. A Carlos, que había adquirido cierto gusto por los diálogos bien construidos, le molestaban un poco los lugares comunes empleados por las dos mujeres, de modo que tras hacer una alusión a la belleza del paisaje urbano que se contemplaba desde el ventanal, le dijo al novio de su madre:

—Me gusta imaginar la vida como una carretera de circunvalación muy bien señalizada, de manera que cada uno sepa cuál es su salida.

—¿Tú sabes ya cuál es la tuya?

—Creo que voy sabiéndolo —dijo él.

En esto apareció Amelia, que venía de la cocina y ordenó a todo el mundo que se sentara a la mesa, pues la cena ya estaba lista.

—Tú no, Carlos, tú ven a echarme una mano —añadió.

El joven la siguió a la cocina, donde Amelia le preguntó si todo el mundo se comportaba como cabía esperar.

—Me parece que sí —confirmó él.

—No te apures —lo tranquilizó ella—. La tensión durará poco, les he echado una poción mágica en las bebidas.

Ante el gesto de sorpresa de Carlos, agregó reprimiendo una carcajada:

—No olvides que soy farmacéutica.

—¿Y a mí me has dado también de esa poción?

—A ti también. Ya debería haberte hecho efecto.

—¡Me lo ha hecho! —exclamó Carlos con gesto de sorpresa—. No me había dado cuenta porque no lo sabía, pero de repente me encuentro muy bien, algo eufórico, incluso, pero se trata de una euforia tranquila. ¿Cómo es posible producir una euforia tranquila?

—Se llama codeína —rio ella.

Tras los aperitivos, Amelia sirvió un pescado a la sal cuyo punto recibió grandes alabanzas, pese a que había quedado un poco crudo.

—Es mejor así —sentenció la madre de Carlos—, porque no hay nada peor que un pescado seco.

—Es lo que digo yo —ratificó la madre de Amelia.

Las dos mujeres habían comenzado a darse la razón mutuamente frente a las miradas de alivio de Carlos y Amelia. El encuentro, que sobre el papel se preveía difícil, había adquirido una moderación extraña, fruto sin duda de los efectos sedantes y analgésicos de la codeína.

—¡Qué raro! —exclamó la madre de Carlos mientras se llevaba un trozo de pescado crudo a la boca—. Tenía una migraña de mil demonios y se me ha quitado.

—Eso es porque te ha caído bien mi hija —afirmó la madre de Amelia—. Venías con unos prejuicios que ya ves que no tienen razón de ser.

—¿Y a ti qué te parece mi hijo? —preguntó ella.

La madre de Amelia se llevó la copa de vino a la boca, bebió un sorbo, miró a Carlos y exclamó:

—¡Que quién lo pillara!

La mesa estalló en una sonora carcajada que derivó en toses aliviadas con tragos de vino más largos de lo habitual. En una de las convulsiones provocadas por la risa, dos copas se volcaron sobre el mantel, lo que aprovechó el novio de la madre de Carlos para untar el dedo índice en el vino derramado y hacer una cruz sobre la frente de todos.

—Esto es garantía de dicha —dijo.

Carlos se encontraba feliz y extrañado al mismo tiempo. Feliz por la concordia que se apreciaba en el entorno familiar y extrañado por haber entrado en el mundo adulto con aquella facilidad. Tal vez la vida no fuera tan difícil como su madre le había predicado desde que era pequeño. Su estado de bienestar era tal que se sintió empujado a manifestarlo en voz alta.

—La vida adulta no era tan difícil como me decías, mamá.

La madre observó a la concurrencia con expresión de disculpa, abrió los brazos para abarcar al conjunto y dijo:

—¿Qué queréis que os diga? Me tuve que hacer cargo yo sola de Carlos desde los seis o siete meses de edad porque su padre, que tenía pánico a las responsabilidades, se fue de casa y no quiso saber nada de nosotros. No voy a decir que fuera un hombre malo, solo era un idiota. Quería escribir una novela. Todo el mundo quiere escribir una novela, pero no todo el mundo es idiota.

Pronunció el «idiota» de tal forma que, lejos de parecer una ofensa, se recibió con sonrisas de aquiescencia, como si se hubiera tratado casi de un halago.

—Francamente —continuó enseguida—, no quería que mi hijo saliera como él, por eso lo sometí a una educación algo rigurosa. Y por eso en mi casa no entró nunca un solo libro de ficción. En fin...

—¿En qué sentido dices que papá era idiota? —preguntó Carlos.

—Tenía la cabeza a pájaros. Vivía más en las novelas que en la vida real. Fijaos lo que me contó un día —añadió en el tono de quien se dispone a revelar un secreto.

Todos inclinaron la cabeza hacia delante, como para contribuir a la intimidad a la que había derivado la charla:

—Me contó que los personajes de las novelas y los cuentos se reúnen con frecuencia en una de las últimas páginas del libro, que suelen estar en blanco porque son páginas de cortesía, y discuten acerca de la existencia del lector como nosotros discutimos sobre la existencia de Dios. Decía que hay personajes que creen en el lector y personajes que niegan su existencia.

—Me imagino esos encuentros como las reuniones de vecinos —apuntó la madre de Amelia.

—Solo que en vez de hablar sobre la limpieza de la escalera y los horarios para sacar las basuras, tienen discusiones de carácter teológico —dijo el novio de la madre de Carlos.

—Pues algo así —rio ella—. Ahora bien, ellos llaman Dios al lector.

—Pero eso —intervino Amelia— tiene implicaciones muy fuertes, porque si el lector no existe, ¿qué sentido tiene la vida de los personajes?

—Es un problema de carácter existencial. Yo creo que el padre de Carlos debía de sentirse como un personaje de novela y se preguntaba eso mismo: si su vida tenía algún lector. En el fondo, era un existencialista.

—El existencialismo... —Amelia dejó la frase en el aire.

Hubo un silencio que interrumpió la madre de Amelia dirigiéndose a la de Carlos:

—Como tú eras la exmujer del padre de tu hijo, ahora, técnicamente hablando, eres su ex viuda.

La ocurrencia se celebró con grandes aspavientos, excepto por parte de Carlos, que estaba pensando algo acerca de Dios o del lector que no llegó a expresar porque la voz le dijo que no era el momento. Pero como ya había abierto la boca y estaba obligado a decir algo, anunció, al tiempo de mirar con amor a Amelia:

—Y aún no sabéis lo mejor.

—¿Qué es lo mejor? —preguntaron su madre y la de Amelia al unísono.

—Lo mejor es que Amelia está embarazada.

En ese instante, se oyó el timbre de la puerta y Carlos se levantó para ver quién era en medio del estupor y del silencio provocados por la noticia. Volvió enseguida acompañado de Ignacio, el inquilino de la casa de su padre (y su padre por tanto), al que presentó a todos.

—Tenemos una celebración familiar —dijo Amelia—. Siéntate y toma algo con nosotros.

—No quiero interrumpir —dijo Ignacio—. Solo quería preguntarle a Carlos si había en la casa una caja de herramientas. Necesito un destornillador.

—Está debajo de la cama de la habitación de invitados —informó el joven—, pero toma algo, ya que estás aquí.

Cuando el inquilino tomó asiento y le sirvieron una cerveza, Carlos, atacado por aquella «euforia tranquila» proporcionada por la poción mágica, remachó el asunto:

—Estábamos comunicando a la familia que Amelia está embarazada.

—¿De quién?

—¿De quién va a ser? —dijo Carlos como si él mismo no estuviera muy seguro.

—Eso —insistió el vecino en el tono anterior—. ¿De quién?

—¡De mí! —reivindicó Carlos.

El vecino se incorporó y le dio un abrazo de enhorabuena al que se sumó el resto de los asistentes.

—¿Y a mí quién me abraza? —se quejó Amelia.

—¡Todos, te abrazamos todos! —exclamó el inquilino provocando una nueva ronda de felicitaciones.

Una vez sentados de nuevo, la madre de Carlos se dirigió a Ignacio:

—Así que usted vive en la casa de mi exmarido, del que ahora, técnicamente hablando, soy la exviuda.

—Eso parece.

—Pues lleve cuidado con las vibraciones de esa vivienda, porque mi marido era un hombre turbio.

—Yo también soy un poco turbio.

—Brindemos por la turbiedad —dijo el novio de la madre de Carlos.

Y todos levantaron sus copas.

Cuando se fueron, Amelia abrazó a Carlos y le dijo al oído:

—Solucionado. Cuando recuerden esta cena, no se atreverán a retroceder en sus posiciones. Además, tu madre y la mía han hecho muy buenas migas. Se han tuteado todo el rato.

Carlos respondió:

—Me tienes que dar más de esa poción mágica.

—Si te portas bien —dijo ella arrastrándolo al dormitorio.

III

Uno

A las veinte semanas del embarazo, la ecografía confirmó que se trataba de una niña. El tiempo transcurría de tal modo que Carlos viajaba dentro de él, dentro del tiempo, como su hija dentro del útero: construyéndose. El tiempo del útero se parecía al del relato por la velocidad a la que se multiplicaban las células y se espesaban los jugos y aparecían los órganos. Ya a finales del primer mes se insinuaban las piernas y los brazos, y en el segundo aparecían los ojos, aún ciegos, y en el tercero se apreciaban las cejas y la nariz, y en el quinto Macarena daba patadas y se chupaba el dedo, y en el séptimo sus huesos adquirían cierta consistencia y la membrana exterior, hasta ahora casi transparente, se transformaba en piel...

Carlos viajaba en el tiempo del relato mientras que el mundo viajaba en el tiempo de la vida. Cuando ambos tiempos se cruzaban, él fingía ir en el de la vida, como el resto de sus contemporáneos.

Un día, Ignacio le preguntó por qué no utilizaba nunca la biblioteca de su padre.

—No me importa —añadió— que pases de vez en cuando a mi casa, que en realidad es la tuya, a coger algún libro.

—Yo no leo —respondió Carlos.

—¿Y eso qué es? —dijo el inquilino señalando el volumen de los hermanos Grimm, ya muy deteriorado por el uso, que reposaba sobre la mesa de café.

Se hallaban en la casa de Amelia, que era también la de Carlos, donde ya resultaba frecuente que Ignacio se pasara a última hora de la tarde a tomar algo o a charlar. Pero Ignacio era torpe, pues transcurrían los días sin que fuera capaz de descubrir (quizá de recordar) que era el padre de Carlos, lo que frustraba al joven: no tendría sentido vengarse de él antes de que recuperara la memoria.

—Bueno, eso sí —aceptó—. Es lo único que leo porque se trata del libro que tenía mi padre en su mesilla de noche cuando murió. Se supone que lo estaba leyendo o releyendo obsesivamente, pues estaba muy manoseado. Lo leo por recorrer los últimos lugares por los que anduvo él, en busca de su fantasma.

—¿Y lo encuentras?

La voz le advirtió a Carlos:

¡Cuidado!

—Es un modo de hablar —concluyó.

—Si te interesan los hermanos Grimm, habrás leído el cuento que a mí más me gusta y que es también, seguramente, el más conocido, *La bella durmiente*. En él está todo: la carga genética y sentimental con la que venimos al mundo, los peligros a los que esas dos cargas han de hacer frente a lo largo de la vida, el contraste entre la vigilia y el sueño. Pero, sobre todo, el poder curativo del amor.

Cuando Ignacio se fue, Carlos buscó en el libro *La bella durmiente*, cuya lectura había evitado porque creía conocerlo, en sus grandes rasgos al menos. Lo primero que le sorprendió fue que apenas ocupaba cinco páginas. Parecía imposible que de tan escasa escritura hubieran salido tantas versiones, algunas de ellas cinematográficas, dignas de atravesar el tiempo sin perder interés.

Y entró en él, en el espacio del cuento, donde vio un sapo bastante repugnante anunciándole a una reina la llegada de una hija. ¿Por qué un sapo?, se preguntó el fantasma de Carlos, que se hallaba junto a la reina desnuda, pues el sapo se había hecho presente mientras se bañaba. En su calidad de fantasma, Carlos había asistido ya a tantas intimidades de los personajes de los cuentos que el desnudo de la reina le turbaba menos que la presencia del sapo. Pese a lo extraño de la situación, al joven le resultaba acertado que fuera este animal anfibio el portador de la buena nueva.

Vas captando la sustancia de la realidad, le dijo la voz: *Si no te extraña que tal cosa suceda en un sueño, tampoco debería extrañarte, en efecto, que suceda en la vida.*

Pero esto no es la vida, respondió telepáticamente Carlos, *esto es un cuento.*

La voz soltó una carcajada: *¿Presumes a estas alturas de conocer la diferencia entre el cuento y la vida?*

La voz no le permitió a Carlos engañarse: llevaba mucho tiempo ya observando su vida como un cuento.

Enseguida nació la hija tan deseada de los reyes a la que un hada mala del reino, disgustada por no haber sido invitada a la fiesta, le lanzó la siguiente maldición: «Morirá cuando cumpla los quince años al pincharse con la punta de un huso».

Ignacio, el inquilino, debió de referirse a esta maldición al mencionar la carga genética y sentimental con la que venimos al mundo. La genética histórica de la recién nacida no le permitirá superar la adolescencia y ese miedo determinará su educación, pues vivirá en un mundo donde no habrá ruecas, ya que sus padres ordenan quemar todas las del reino para cambiar ese designio.

Las elipsis se sucedían a velocidades de vértigo y el mismo día de cumplir los quince años, la niña, buscando inconscientemente su destino, halló la única rueca del reino que se había librado de la quema y se pinchó en el dedo con su huso.

Afortunadamente, otra de las hadas buenas del lugar había modificado ese destino biológico transformando la muerte en un sueño de cien años. Pero no solo la princesa cayó en ese profundo sueño, sino el reino en su totalidad. Se durmieron el rey y la reina y los caballos y los perros y las palomas y las moscas en las paredes. El fantasma de Carlos asistía atónito al coma colectivo; lo impresionó sobre todo el sueño de las moscas, pues en esos detalles de apariencia menor era donde se revelaban las verdades de la vida. Atónito también, presenció cómo se congelaba el fuego en las chimeneas de palacio y cómo las partículas de polvo dejaban de mecerse ante los rayos de luz que entraban por las ventanas.

Se daba la circunstancia paradójica de que lo único vivo en aquel reino era un fantasma: el suyo.

El reino quedó completamente aislado por el letargo general, que hizo crecer a su alrededor un gigantesco seto de espinos que herían y mataban a los osados príncipes de otros reinos que, atraídos por la leyenda de la bella durmiente, intentaban internarse en él.

El fantasma de Carlos vagó durante los cien años concentrados en aquellas cinco páginas por las estancias de palacio observando cómo los asados, en la cocina, permanecían también a medio hacer y la vajilla a medio colocar sobre la mesa.

Cien años.

Un suspiro.

Cien años, transcurridos los cuales, las moscas comenzaron a moverse de nuevo sobre la pared y los caballos a relinchar en los establos y los perros de caza a ladrar en sus jaulas y las llamas a flamear en las chimeneas de piedra. Y todo ello ocurría mientras el cercado de espinos se transformaba en un seto de flores que atravesó un joven príncipe llamado a despertar, por medio de un beso, a la bella durmiente.

El fantasma de Carlos abandonó el relato y regresó al cuerpo de un Carlos agitado por una revelación: el huso y el seto de espinos evocaban el alfiler con el que su padre mató a la mariposa y a Macarena a través de ella. Quizá el inquilino no supiera conscientemente que era su padre, pero su inconsciente acababa de advertir al joven de los peligros de que repitiera la acción con la nueva Macarena, la nueva Macarena, que nació antes de tiempo, prematura aunque sana, como para contribuir a los tiempos del relato, marcados por la elipsis.

Dos

Carlos calculó que quedaban diez años antes de que su padre, el inquilino, diera muerte a la Macarena resucitada. Y sabía que eran diez años porque la anterior Macarena falleció a esa edad y las leyes del relato contenían simetrías de esta naturaleza. Eran también los diez años que le quedaban para que su padre recordara que era su padre y asistiera a la venganza del hijo abandonado.

No obstante, un día que su padre estaba fuera, y después de que Amelia se hubiera ido a trabajar, entró en el piso de al lado con una copia que conservaba de las llaves de la vivienda y la revisó de arriba abajo haciéndose con todas las agujas y todos los alfileres y todos los objetos punzantes de pequeño tamaño que encontró aquí o allá, del mismo modo que en el reino de la bella durmiente se requisaron todas las ruecas.

Todas las ruecas menos una.

Cuando estaba a punto de salir, volvió sobre sus pasos, entró en el despacho de su padre y descubrió todavía en el corcho el alfiler con el que fue atravesado el pecho de Macarena. Lo recogió también y volvió a casa y escondió su botín en el fondo de un armario, dentro de una caja de zapatos.

—Aun así —le dijo a Macarena, que tenía ya un año y que lo observaba con una curiosidad extraña y sonreía cuando él la agitaba en el aire—, aun así, habrá que extremar las precauciones, porque en nuestro mundo los alfileres abundan tanto como los husos en el de la bella durmiente.

Y Macarena cumplió enseguida cinco años, durante los cuales su padre estudió Administración y Dirección de Empresas y asistió a diferentes seminarios sobre gestión de riesgos y calculó los de abrir sucursales de la farmacia de Amelia, pues su madre había fallecido, y en poco tiempo inauguraron dos comercios en dos barrios de nueva creación sobre los que Carlos había hecho los correspondientes estudios de mercado. Y así el mundo de la codeína se extendía y reinaba la paz en los dominios de la pareja y de la hija, y en cada uno de sus cumpleaños se le hacía una fiesta a la que acudían sus amigos y amigas del colegio y a la que era invitado también el inquilino, el padre de Carlos, que no daba muestras de recordar su verdadera condición, pese a los mensajes y a las insinuaciones del hijo, que a veces se desesperaba y sentía ganas de enfrentarse a él, ganas de cogerlo por las solapas y agitarlo a la vez de revelarle a gritos que era su hijo, el hijo al que abandonó y el que había logrado reconstruir para sí la vida que el padre destruyó aun habiéndola deseado.

Pero en tales instantes actuaba la voz:

Lleva cuidado, le decía, *espera, cada cosa a su tiempo*.

Las elipsis se sucedían y Macarena cumplía seis, siete, ocho años y el inquilino continuaba ajeno a su verdadera identidad. Le gustaba, eso sí, estar con sus vecinos. Parecía enamorado de Amelia y trataba a Carlos con la condescendencia de un padre, y ejercía en ocasiones de canguro de la niña, pero no pasaba de ahí, siempre se quedaba en la frontera, no daba jamás el paso de reconocer que aquel mundo le perteneció o podría haberle pertenecido, no reconocía a Carlos como su descendiente, no se moría de envidia por las conquistas sentimentales de su pequeño reino porque desde la superioridad aparente que le proporcionaba la diferencia de edad respecto al joven, aunque también el hecho de ser un artista (acababa de estrenar con éxito su primera película de ficción), podría hacerse con él cuando le viniera en gana.

Eso es lo que imaginaba Carlos al comprobar también las atenciones que le prodigaba a Amelia y el cariño que le tenía a la niña, que le llamaba tío, el tío Ignacio. Atenciones y cariño que iban más allá de las que se tienen con un vecino, incluso aunque se hayan establecido con él unas relaciones de amistad excepcionales.

Tres

Pasaba el tiempo y todo seguía igual en el lejano reino de Carlos. Lejano para él, pues aunque se trataba de un reino de este mundo, el joven (ya no tan joven) lo habitaba como si se hallara fuera del tiempo y el espacio. Su propia mujer le preguntaba a veces dónde estaba.

—¿Dónde estás, Carlos? Llevo hablándote media hora.

Y la voz le alertaba:

¡Cuidado!

Y el joven regresaba a la realidad con gesto de sorpresa y respondía que había visitado un barrio de nueva creación donde había un par de locales, todavía muy baratos, perfectos para la apertura de sucursales nuevas de su imperio, y que estaba pensando en eso, aunque aún tenía que asegurarse de la viabilidad del proyecto.

Y Amelia, que era muy partidaria de la expansión del reino de la codeína, le sonreía entonces y le acariciaba y le hacía sentirse como un adulto capaz de cuidar de su familia, al contrario, pensaba Carlos, del despreciable cineasta que tenían por vecino y que gracias a ellos disfrutaba de los beneficios de una vida familiar apacible sin las responsabilidades morales y económicas que implicaba mantenerla.

Un día, cerca ya del décimo cumpleaños de la niña, después de que Amelia se hubiera ido al trabajo y la cría al colegio, Carlos se hallaba frente a la ventana del salón de su casa, con las manos en los bolsillos, asombrado ante la furia de la tormenta. La lluvia golpeaba los cristales con la desesperación del que pide socorro. Allá abajo, en la carretera de circunvalación, los coches parecían huir de una amenaza que se manifestaba, además de en el diluvio, en una sucesión de truenos cuyo fragor evocaba el de un desprendimiento de rocas de una montaña gigantesca. La primavera se había instalado fuera, aunque dentro de su cabeza era otoño.

Entonces, al recordar que su padre, el vecino, estaba ausente, en un rodaje fuera de Madrid, escuchó la voz, que le dijo:

Hazlo.

Carlos fue en busca de la caja de herramientas y se metió con ella en el cuarto de baño, del que descolgó el espejo, que colocó en la bañera, sobre un par de toallas para que no sufrieran sus bordes. Y golpeó los baldosines de detrás hasta que dio con el que sonaba a hueco, y con un destornillador de pala afilada y un martillo recorrió el perímetro del baldosín varias veces, haciendo más profundo el corte en cada vuelta, hasta que logró desprenderlo de su sitio para hallar en el agujero resultante, tal como había imaginado, al homúnculo.

—Tú ya me pediste un deseo —le dijo el hombrecillo tras un estiramiento de brazos acompañado de un largo bostezo, pues daba la impresión de que se acababa de despertar.

—Pero te lo pedí desde la casa de al lado. Supongo que se puede hacer un deseo por casa, no por individuo. Ahora vivo aquí y soy, en cierto modo, otro.

—De acuerdo —respondió el homúnculo—, pero lo primero es lo primero. ¿Qué tienes de comer?

Carlos lo llevó a la cocina, lo colocó sobre la encimera y le ofreció un plato de frutos secos y un bol de cereales y un par de zanahorias, que el hombrecillo se comió crudas y sin pelar, además de dos plátanos que abultaban más que su cuerpo. Una vez satisfecho, le preguntó en qué podía ayudarle ahora.

—Quiero que mi padre recuerde que es mi padre.

—¿Qué prisa tienes? —preguntó el hombrecillo—. Lo más probable es que en algún nivel de su conciencia ya lo sepa.

—Quiero que lo sepa en el más superficial, en el del día a día.

—¿Y qué harás entonces?

—Eso es cosa mía.

—De acuerdo —concluyó el homúnculo—, se enterará pronto. No me hago responsable de las consecuencias. Ahora, devuélveme a mi agujero.

Carlos lo cogió con la mano derecha, percibiendo con aprensión el bulto provocado en aquel cuerpo diminuto por la ingesta exagerada de alimentos, y lo devolvió a su guarida, que selló con el baldosín en cuyos bordes había extendido un pegamento doméstico de gran eficacia. Luego colocó cuidadosamente el espejo y recogió las partículas de cemento y cerámica que habían caído en el lavabo.

Al terminar la tarea, el joven (no tan joven ya) estaba exhausto, febril, de modo que se dejó caer en la cama, donde esa tarde lo encontró Amelia empapado en sudor, con la mirada extraviada y pronunciando frases inconexas.

—¡Dios mío, deliras! —exclamó colocándole la mano sobre la frente.

La presencia de Amelia hizo volver en sí a Carlos, que intentó tranquilizarla.

—Anginas —dijo—, son las anginas. Ya conoces la facilidad con la que me sube la fiebre. ¿Y la niña?

—Está en su cuarto, no te preocupes. Me llamaron del colegio al ver que no ibas a recogerla ni atendías el teléfono. ¡Qué susto me has dado!

Carlos se disculpó y se levantó; fue al cuarto de baño y se aseguró de que no quedaba rastro alguno de la operación, se duchó y, aunque débil y demacrado, consiguió incorporarse a la vida familiar sin despertar sospechas.

—Deberías tomar un antibiótico —le dijo Amelia durante la cena.

—A ver cómo me encuentro mañana —respondió él—. Ya sabes que no me sientan bien.

Cuatro

El padre de Carlos regresó del rodaje que tenía fuera de Madrid la víspera del cumpleaños de Macarena. Traía quesos y embutidos típicos de la zona en la que había trabajado, así como dos botellas de un vino excelente, también de la región. Con todo ello y un par de ensaladas, se improvisó una cena en la casa de Amelia y Carlos.

Ignacio estaba satisfecho de la película.

—Creo —dijo— que podremos llevarla a algún festival importante antes de estrenarla en salas.

—¿Cuándo? —preguntó Carlos.

—Bueno, no sé. Todavía hay que montarla, sonorizarla, posproducirla, en fin. Todo eso lleva meses, pero tengo muy buenas vibraciones con ella. El año que viene, espero.

En esto apareció Macarena, que venía a despedirse, pues era su hora de acostarse. Tras besar a Amelia y a Carlos, le dio un abrazo al «tío» Ignacio, que le dijo:

—Te tengo un regalo para mañana.

—¿Qué es? —preguntó la niña.

—Una sorpresa, pero tendrás que esperar.

Al poco de que la niña hubiera desaparecido, cuando seguramente estaba dormida ya, Carlos reparó en una insignia que su padre llevaba en la solapa de la chaqueta.

—¿Qué es eso?

Su padre dijo que se la había regalado alguien en el rodaje y que se la había puesto porque le parecía bonita, pero que ignoraba su significado.

Mientras lo decía, se la desprendió para alargársela a Carlos, que al cogerla comprobó con horror que se trataba de una insignia de las de alfiler. Entonces miró significativamente a su padre y su padre lo miró a él, y cuando las dos miradas se encontraron el padre hizo un gesto de dolor al tiempo de llevarse las manos al pecho. Al poco, cayó al suelo, donde se agitó víctima de lo que Amelia interpretó como un infarto.

Ignacio, con el rostro empapado ya en un sudor disolutivo, consiguió advertirlos de que en el cuarto de baño de su casa guardaba una caja de tabletas de nitroglicerina, que eran las apropiadas para estos episodios coronarios.

—Ve tú —le dijo Carlos a Amelia—, que las reconocerás enseguida. Yo cuido entre tanto de él.

Amelia hurgó en los bolsillos del enfermo hasta dar con las llaves del piso y salió corriendo en busca del fármaco. Cuando los dos hombres se quedaron solos, Carlos pasó la mano por debajo de la nuca del progenitor agonizante, le levantó un poco la cabeza y le dijo:

—Por fin te has dado cuenta, cabrón.

—¿De qué? —logró musitar el vecino.

—De qué, de qué. Tú me borraste de tu vida, pero yo te he quitado el piso, te he quitado a la mujer a la que querías, a la hija a la que hiciste imaginariamente tuya y hasta es posible que escriba la novela que no fuiste capaz de sacar adelante. Todo está cumplido. Ahora, regresa al libro de cuentos de los hermanos Grimm, de donde me ocuparé de que no salgas jamás.

Cuando Amelia volvió, el vecino yacía muerto en los brazos de Carlos, que le había escupido en la boca antes de que expirara.

Al día siguiente, mientras celebraban el cumpleaños de Macarena, al que habían invitado a sus compañeros y compañeras de clase, Carlos tomó el libro de los hermanos Grimm y fue con él al cuarto de baño, en cuyo lavabo le prendió fuego. Mientras los cuentos ardían, le pareció escuchar un grito de pánico: el grito de los condenados al infierno.

Un año después, Carlos y Amelia decidieron eliminar el tabique que separaba las dos casas de las que eran propietarios para convertirlas en una sola vivienda, muy amplia y luminosa, dotada de un gran salón, un salón de cuento de hadas, en el que recibirían a sus familiares y amigos y, más tarde, cuando creciera, a los novios de Macarena. Carlos estuvo presente en el derribo de la pared que separaba los cuartos de baño de los dos pisos para cerciorarse de que los albañiles no dieran importancia al hueco que existía entre ellos. Pero ni siquiera repararon en él, pues el tabique cayó en pedazos grandes produciendo un montón de escombros entre los que desaparecieron la guarida y el homúnculo. De ahora en adelante, se dijo Carlos, nosotros seremos el alma de esta casa.

Y vivieron felices hasta el fin de sus días.

Este libro se terminó
de imprimir en
Móstoles, Madrid,
en el mes de
mayo de 2023

Juan José Millás
Que nadie duerma

Un delirio de amor recorre la ciudad. Y bajo lo aparente, asoma lo extraordinario

«Una pirueta, un salto mortal del acróbata Juan José Millás [...]. Y sin red».
MANUEL LLORENTE, *La Esfera (El Mundo)*

«Salvaje y carnal. Todo impresiona en este vuelo oscuramente iridiscente y cautivador».
Publishers Weekly

«Magistral. Una inquietante fantasía en la estela de Kafka».
Library Journal

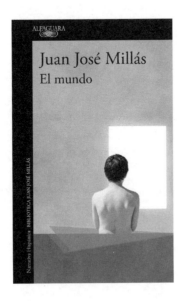

La novela más personal de Juan José Millás, ganadora del Premio Nacional de Narrativa y del Premio Planeta

«Guarda en sus páginas verdades sobrecogedoras, auténticas y emocionantes sobre el poder de las palabras».
Jesús Ruiz Mantilla, *El País*

«Millás es uno de los escritores con más verdad por centímetro cuadrado de página».
Antonio Iturbe, *Qué Leer*

«El mejor Millás».
Soledad Puértolas

Juan José Millás
Dos mujeres en Praga

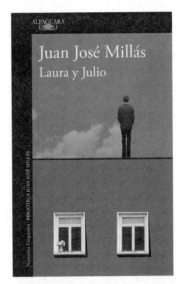

Juan José Millás
Laura y Julio

Juan José Millás
Lo que sé
de los hombrecillos

Juan José Millás
La mujer loca

Llega a Alfaguara la Biblioteca Juan José Millás, que reúne todas las obras de uno de los autores más singulares del panorama literario actual

«Para no hacerlo sentir incómodo, finjamos que Millás no es uno de nuestros mejores escritores».
SERGI PÀMIES, *La Vanguardia*